U0747143

羞涩

XIUSE

黄劲松 著

中国书籍出版社
China Book Press

图书在版编目(CIP)数据

羞涩 / 黄劲松著. —— 北京:中国书籍出版社,
2021.10
ISBN 978-7-5068-8748-9

Ⅰ.①羞… Ⅱ.①黄… Ⅲ.①诗集-中国-当代
Ⅳ.①I227

中国版本图书馆 CIP 数据核字(2021)第 212200 号

羞　涩

黄劲松　著

责任编辑	张　娟　成晓春
责任印制	孙马飞　马　芝
出版发行	中国书籍出版社
地　　址	北京市丰台区三路居路 97 号(邮编:100073)
电　　话	(010)52257143(总编室)(010)52257140(发行部)
电子邮箱	eo@chinabp.com.cn
经　　销	全国新华书店
印　　刷	成都兴怡包装装潢有限公司
开　　本	880 毫米×1230 毫米　1/32
字　　数	235 千字
印　　张	15
版　　次	2021 年 11 月第 1 版
印　　次	2021 年 11 月第 1 次印刷
书　　号	ISBN 978-7-5068-8748-9
定　　价	58.00 元

温暖的阳台通向祖国的每一条道路
（自序）

当黎明成为一个背影，鸟语从寂静的空间来到早晨，花园中的花朵来到了我们的目光中，像一个获得的来临，我低语道：温暖的阳台通向祖国的每一条道路/它沐浴的早春的颜色已经默默在洇染。（《高尚》）

是的，我们所经历的都让我们从遥远中走向现实，譬如我们歌颂的喉咙，在不断地响亮。我们对鲜花的崇敬正行进在荣耀的道路上，

我在向东/穿过一片季节的丛林/从它们宽大的叶子中间听到蛙鸣。（《我看到林子中走来的人群》）自然给我们的歌颂是无限的，而我们的索取是在瞬间呈现的闪电。森林和大地，雷雨和鸟鸣，莫不让我们心生感慨。在我们孤独的辞典中，那些活跃的奔跑和寻找，在一片山风谷雨中撞响回声。

因此，我们的美学养成于它们的教诲中/时间马上就要

入暮/它们将为我们送来新的课堂。(《喜鹊》)"它们"是谁?我们的过程还是我们的结果?是云朵上的飞车还是人间的神器?是人群中的一个回眸还是我们手中的一个玩具?是狂风、暴雨、圣洁的大雪,还是我们演唱时的一个和声。

请追随那些美妙的声音,到达美的疆域。请远离的人再次归来,让他看到一篇和风中的颂词。

技术的现代属性让我们欲罢不能。我们低徊、高歌,向着太阳的方向绽放光彩。而时间之盾正在遮蔽那些美好的对立属性。作为一个平凡的灵魂,我们将永远地沉醉,达于对一切提示的觉醒。

我再次写道:你是我的蛋白质,你还年轻/像风拂过了一堆暗自发光的事物。(《爱的蛋白质》)此时的世界是寂静的,有着我们难以企及的美妙。难道是过往的事物已经成了我们的象征,在记忆苏醒的时候,风会吹来整个家园的祝福。包括它古老的谣曲。

与祖国在一起,我们能看到更多的开放,甚至是耀眼的归宿,甚至是思维中挥舞的长戟。当然更多微小的存在让我们满足,我们去爱,在叶子上发现翅膀。当黎明过去,花也在开放/我们就是蜜蜂的伴侣,是祖国微小的飞翔。(《祖国的早晨》)

我们可以是一座城市,譬如上海,譬如南京,譬如昆山,譬如我们向往的某次机遇的发生地。我们可以沉浸在流水线般的春光中,发现建筑和人群、色彩和指证、默默的穿越和高蹈的舞蹈，还有树木、青草、旧世代的屋子和新时光的金属。它们苍翠着，像一次展示中的歌唱，充满着生机和活力。忽然，你看到池塘里有一颗星星/摇晃着野荸荠树的叶子，在它们葱绿的天空中。（《忽然，你的眼睛》）。

我们在城市中走过，怀念了一些熟悉的人，对时光的赐予表示感恩。当我们的意识再次遭遇了一个熟悉的事件，我们因此而感到羞涩。是的，把一切算作我的/我的大街，我的人流/我的蝴蝶花，和它身边高大的香樟树/这浓荫，只有我的羞涩走过。（《羞涩》）

不要怀疑，我们经历了人生最艰难的过程，包括我们到来时一些人的远去，包括橱窗的玻璃上我们的脸呈现苍老的暮色，包括我们的语言被不知名的力量默默地夺去，包括我们的春天突然感到了冬天的气息，包括一首诗篇的存在，让我们莫名地增添了生活的重量。

因而，我们羞涩，对自己的鞭策在不断地加速。因而，我们愿意低下自己的头，去发现大地上正在跃起的蝴蝶。因而，我们在一间屋子中，轻轻地唱响对于明天的理解。

要坚持每一次崛起都在我们的奋斗中，当我们走遍了生活的每一个角落，我们找到的不仅有精彩的意象，更有无边的辽阔。它使人心胸扩张，蔑视了一切的不满和诋毁。在接受人群的叩问时，显得心有所系，而不会被无知的语言所击倒。那么，我的祖国/会越来越宽阔，如同我无限的远行/通过了所有的城市和乡村，通过了/桥的认证、老虎的叮嘱，通过了/无限的人群和他们手里的果子/而这苍茫的人世必将崛起在祖国的心脏里。（《祖国的可能性》）

纯美的，我们必将记录的经历常常让我们感动，我们与人群擦肩而过，又在他们的背影中举起思念的灯盏。那些洁净的街道，总是能收留我们洁净的内心，直至花香再次在空气中弥漫。在后面的人到来之前/将道路扫净，在玫瑰上别上纸条。（《宁静》）。

而你是陌生，是我必然的事物的诚实/我将到达，平凡是如此地得到藐视。（《我渴望世界有一个圆满的答复》）一个渺小的自我常常让人不能自拔，它是被忽视的，像尘埃一样随风而逝。而在记录者的眼中，它又是如此地庞大，甚至用轰鸣的巨响也不足以描绘它发出的声音。这是谁的幸运？时代抑或是我们内心的光芒。像你的浅显征服了旁人的执着/像镜面掩去了微绽的光/像短暂，像永远/像一个绝望的称呼等待复活。（《像浅过镜面的灰尘》）

你的深入像一个对偶/由旁人的宽慰主宰着它。（《和解》）我们总是能找到自己的对应物，在立体的心灵架构中，我们是水晶、玻璃、流动的水流，总是能找到自己的影子，而这个影子又在别人的心头颤动。即使是风，它在抓住我们的时候，又会抓住我们的孩子，甚至达于身旁的过路人。因此，我们感恩，对着已经到来的境像回顾历史中的斑点，在现实的光亮来临时，我们对祖国充满了爱，而抚慰像无处

不在的星光，让一切都得到了有效的检验。是什么？/金子还是命运/你的逻辑学的神秘爱人。（《是什么》）

现代化已经轰轰烈烈地来临，我们与列车一起奔跑，与巨舰的速度一起冲过了波浪。微小的、像启发一样的存在，总是让我们心有所感，与一片翠绿的叶子，在空中获得自由，又被喁喁私语的人谅解。在星光来临前，我还要想到/人们的爱情在花园的检验中。（《现代化》）并且我们已与和谐的因子相互共存，在彼此的呼吸中感受到了温暖的洋溢。你要看管好我的一切，包括水蛇的响动/包括正在失去的遗迹。（《你的眼神》）

包括我们的乡村，也在大步地取得自己对时代的认可。当远方的人回到了故乡，他可以带着另一个故乡的声响，给乡村一个偶数的春天。你带着轻微的礼物/像遥远的大街上传来的声响。（《故乡》）

我们可以选择歌唱，也可以选择在广大的原野默默独行；可以在人们发声时给予祝福，也可以在沉重的疑问到来时表达我们的轻盈。甚至，我们成了隐居的事物，而我们听到的风声将给我们留下片刻的安宁。唯有风声在诗篇中像一个灵魂/世界，我是你最轻的部分。（《世界，我是你轻的部分》）这还不够，我们能抵达的人性的通道里，必有一盏灯亮着，必有一句带着体温的问候，让我们回到了故园。黎明是未来的梯子/你要与不同的和善者在一起。（《悠久》）

在我们的身后，风也在怀念天空，孩子在拍打手中的娃娃。如同燃烧舍弃了隐秘的毁败，如同诗篇的流淌中，我们找到了世界的蜜穴。那通过人心检验的真实之貌，让我们的衣襟扬起，呈现出潇洒而美丽的面貌。即使伤感成为我们短暂的印迹。**如你的无限/如你的地域被安放了致命的罂粟/如你的沉醉/如你的伤感经过了河流。**（《如你的无限》）。

传说还在继续，经过的人已经打开了笔记本。有的人举起酒碗，为已经过去的时间喝彩，有的人则挽着爱人的手，从树的缝隙中穿越斑马线。他们要收藏雪样的月光，也要收藏猛虎一样的石头。**我知道他们的存在/与我一起，算准了一个好天气。**（《间接》）

刀怀念火/我们更怀念荣誉。（《影响力》）其实一切都有了答案，在我们风度的养成中，我们收获的不仅是人们的询问。在众人的遗忘中，我们看见了雪山和狮子的奔驰，看到了一个时代的强健。即使我们坐在自己的位置上，错过了一些熟悉的人，即使走过鱼群的慷慨时我们只捡到一根刺，但我们眺望之心的远大，超越了所有的羁绊者。**你是一个迟早要归来的人/你的胸中藏着布施者的机器。**（《告慰》）温和的、**我们看到的归宿/在安谧的人群中。**（《三角洲》）。

我们终将会与时间一起老去，但我们无所不在的稚嫩之感，让我们心有所感，心有所依。在美丽的错失中我们牵挂了广场，在花丛的前行中，我们将是一个获得朋友的人。是的，**我有广大的屋子/容不下一张羞涩的脸。**(《寒冷之歌》)。

新冠疫情的到来，让世界进入了深刻的变动中，每一个人都在思索生命的价值、人类的价值。我不禁这样写道：**我们的肺高于顽石，又切入时间。**(《距离》) 在寻找比石头更坚定的未来时，时间会给予我们全新的抚慰。

我从黎明醒来，颂扬太阳的金戈。(《致祖国》) 历史、时代、我们的价值将紧紧地与我们同行，群鸟的宣示将抵达谷物的丰美。那么我们期待的阳光里的蜜糖、阴影过后的闪电和词的指认，马上就要来到幸福的祝词中。

是为序。

黄劲松
2021 年 7 月 7 日

目 录 / Contents

高 尚

温暖的阳台通向祖国的每一条道路
它沐浴的早春的颜色已经默默在泅染
时间的加固器，向无数的致意者
旋转思想的轮片，在低矮的建筑中
谁的丰健在作长时间的盘桓
我们注目的高尚，在春天觉醒时来临
在大道上，在碧空中，在一个快步奔跑的局面里
它登上了舞台，向着奔腾的浪花
讲述着崇敬与悠远的河流
流淌是可以被原谅的，风的翅膀被系上了
蓝色的和鸣，深情的序言
被赋予了灵动的名字。因此，我们的每一次成长
都渐渐地围绕着岛屿和灯塔
在船的自豪中，我们相信了自己的船长
相信了纪念物提前降临的星光
涛声正在响起，围绕着自己高耸的堤岸
向着得救的沉溺者吹向了春风的号子
我们举起的手臂，多么像飞扬的旗帜
在与蓝天的对话时，纯洁、有力，像攀登的梯子

2019 年 7 月 15 日

旗袍

隐身的蜘蛛人，你的征服的一面镜子
在开始的节奏中响动
回归于水和泥土，和鸟的宿命论
它们在争论一场演出何时能到达终点

掌声响起，夏娃在午间休息
自由的叶子像一把伞，挡住了彩虹
你是幽默的存在，从记事的绳结上
采下了棉花和它的一个情人

2018 年 5 月 10 日

我看到林子中走来的人群

我在向东，穿过一片季节的丛林
从它们宽大的叶子中间听到蛙鸣

我看到林子中走来的人群
向西，与我的磁性擦肩而过

草的表达归于草
白桦是一朵可以攀登的云

我在火的心思中找到水
在水的臂弯里想念平原

哦，它们，是时间的依靠
走过了漫长的季节之舞

连同这黝黑的道路，连同这
被情侣挽住的步道

情绪的罗盘指着另一个黑夜
那里有星光的垂顾，像一头牛拖着水车

我在春天的空白页上，写下生存的逻辑
又在它们的背影上描绘一张地域之图

2018 年 3 月 18 日

像是我的伤口被黑夜收藏

像是钟声失去了鼓槌
黎明屈服于一片乌云

像是丛草回避了阳光
爱的抵达还在路上

你洒下的金辉，正渐渐地黯淡
词的历史消失于臆想中的歌声

橄榄形的生活，被密密地寄居到屋子里
那里有一根巨大的刺在旋转

像是我的伤口被黑夜收藏
你只剩下身体的安慰

在健康的位置上，你是最后的写作者
高举着秘密的星图

而道德的论断在诞生
梅花的影子安放于茶水

像在古代的子夜，我听到人群的喧哗
像一个背负天空的人拥有着沉重的火种

2018 年 10 月 15 日

范例

独居的生活寄托给睡眠和思想
美的考量还未诞生，而得到洗礼的事件
正从人间的美好中逐渐到来
你已经脱离了苦难的围剿，对每一个
经过的人抱有感恩，在白昼
逐渐深入到一场演出之后
那些醒来的乐器，无声地升到天空

关于文字和背囊，关于风声中一个地理的徘徊
这些感同身受的过程，都在暗暗地发声
指证一场繁华的无辜。课本的教义
请继续美化范例，无限的需求者
请留下一个背影

2018 年 2 月 1 日

而平静是这样的不可预期

我望着窗外的街道，稀疏的人流
在从东边走向西边，在一棵树旁
留下影子，又倏忽不见
洒水车驶来，巨大的轰鸣
载走了思想或者韵脚
我在一堆文字中活着，像贪食者的游戏
在我身体内发生
而平静是这样的不可预期
我听到的呼啸，大过人们的尊严
大过生的最后堤岸
如果我能站在屋顶上
舍弃我的肩膀，那么虚假的怜惜之声
必定把我的另一个灵魂摆布
而黑夜将弥补这一切
我需要的潮水生长着，淹没一只苹果

2018 年 4 月 2 日

客观之旅

我有风声、刀剑、词语的弹夹
有绝妙的旅行，从人间的臂膀上走过
他们要收走理想、绝望和沸腾的大街
收走我刚刚获得的味觉与知性

在山河的展示中，我微小如起伏的尘埃
运动、思考、避过夏天的垂询

理智可以更长久一些，我在其上
默默地走过广大的平原
取得美酒、伴侣和睡眠
美妙的过程我都已经历
如同这客观穿越了梦幻之海

2019 年 3 月 14 日

劳动课

我将取得你们的原谅，我将在劳动中
发现时光的年轻
当我拂去玻璃上的灰尘
在它的消失中感受到洁净
我就会感动，仿佛我的命运
也在这简单的流逝中趋向高洁
还有草，我将给它们浇水
聆听它们在低处的声音
而高处有云雀在叫唤
有飞行者拿走了沧桑的座椅
如此，我们的站立富有依据
在草还没有发出哭泣之音时
我们将舞蹈，延续一天的课程

2019 年 5 月 6 日

在思想者的眼中

在思想者的眼中，一条大街
有单一的色彩，滑向简洁的答案
人是行进着的植物，叙述着
叶片般的语言，以追逐流云的速度
我们每天在鸟鸣中苏醒，与陈旧的风俗
相适应。在梦境还未消失的时候
叩问远方的谷子和植物
车流生动地行驶在线条上
像音符，歌唱在短暂的旅程
以绿色的造型，感怀树木与春风
力量与和平。凡是与我们擦肩而过的
我们都感恩，赠予紫色的叶子
凡是反对时间中的动词的
我们都保留，并赠予名词
风的高度决定仰望的高度
在获得的真理中，占有重要的位置
我们怀揣青铜的钥匙，走向
美、壮烈和不断上升的奇迹
凡是诗人能到达的
我们都力争到达。凡是
诗人哀悼的陈迹，我们都会

献上花束。相对于陌生
我们要取得更多的陌生，包括
那突然而至的生命。相对于纯洁
我们将渴望更为高级的纯洁
如雨落在大地上，如一个绝望的人
拥有了更多的绝望。青春和友谊
我们都经历过，也都留下了
如同出生的胎记。我们允许
就此告别自己的出生地
但不允许在高昂的呼吸中
渗入混浊的链条。世界在矛盾中
走过这条大街，收获人们的忽视
我们与简单为伍，与一滴泪水的
深刻为伍，与文雅的相遇者为伍
那么我们就成了伤感的群体
只有一扇门的幽光才能抚慰我们
坚实的、留着黑色印迹的石头
将继续坚持。我们在潮湿的聆听里
获得潮水、记忆和金色的苹果

2020 年 6 月 8 日

女神

潮水之中的贝壳，流过白玉的嘴唇
她从此得到解救，在月亮的注视下

风吹向远方的海，一切都是沉寂
她掠过了歌与渺茫，将目光放在灯塔上面

沉没的是黑色的语言，在深处开花
她在岩石当中，像整个失望的海水

墨在洇染一只巨螺，在岛屿的边上
她是羿的爱人，她是春与夏的一个果实

2019 年 2 月 14 日

文明史

我要做一个舵手
载着你
从一朵浪花上仰慕陆地
那人流和高楼
也会接踵而来
对着我的历史
悄悄地给予滋养

人类顺流而下
难道是你的居所在晃动中
等待鹊与尾声
一日可以千里
可千里之外谁的雨滴在盛开

你要禁锢自己的黑暗
在鱼衔来暮色的时候
记得风和笔
跟随的马群永不疲倦
你要在收获时
抵达高耸的屋檐

夕阳——我的遗产
开始在闪烁
你要相信漩涡的指认
与轻柔的潮声保持约定

2018 年 7 月 4 日

秋天，总有事物值得歌颂

民间的立场在一个晚上就可以完成
譬如歌颂，在秋天
指定的儿歌得到快递
当我走过一辆童车
就会发现生活正编译新的密码
对着天书般的手册
翻动理想的作文

如果我能抵达音乐
在落叶与漫画的动力中勾勒美
我就能抵消无知
使失盲的特征
消除于时间的标签

哦，秋天，少女正在夜话中回忆
我的畅想如宗教
有一个大王和王后

2019 年 10 月 25 日

失眠的人看到了晴光

失眠的人只有与一段星光的距离
只有老式的念头挂在窗帘上
它飘拂成人力的车轮
碾过春风与雪

他要与谁赛跑
才能不畏惧终点
才能在人们遗忘的口袋里挖出珍珠
如对目光的抚慰
它会看见陷落的光

莫非回忆够着了黎明
默想的河汉到达晴天
他可以就此高枕无忧
他可以就此以石头换回黄金

2019 年 9 月 18 日

在光明农场滑草

那么，这是一个游戏
从海风的蔚蓝中到来
草的愿望直接而甜美
够着了世界的勉励
使那些正在生长的力量得到了
疯狂的鼓动。绿色的归依
如风的一个过程，都在这里
展现着一颗柔美之心
在光明农场，不同的肤色
不同的眼睛，不同的季节
都有着共同的赞美，达于
草的流水线，达于生态的蓝图
和生活的若干恩赐
白发和黑发在这里飘动
像旗帜的一个索引，得到了
完美的注解。生的诗句
让人感动，从一棵草
滑向另一棵草，从一片眺望
滑向另一片眺望
在人群的身后，果园和牧草
森林和蔬菜，如一段见证着的生活
从叙事开始的时候就准备了一个圆满的答案

2020 年 5 月 1 日

浅夜

我唯有浅夜的遇见，才会想念一些离开的人
我唯有在一颗星星望着了白天的顽症时
才会锯走牙齿中的铁钉
生而为到达者铺路的园丁，我只沉浸
在自己的敲击中，与纸的强硬
相妥协，如同一个软弱的事物

我走过众多的树木，对隐形的人群发出哀求
在记忆未丧失月季的光影时，对直接的价值
作出判断。谁会在这浅夜被重新谈及
除了你和时光的流水之声，谁的脚印里会飞出鸽子

2019 年 1 月 2 日

那陌生的相遇

那陌生的相遇，是为了在你走路时
有一种目光的停留，到达天气的尾部
哦，温暖未必来临，人们的篮子里
还没有装满菊花。这如暮年的一个游戏
一个人在电影中，欣赏安坐的人
他有一段台词，被旁人背诵
因而，你是陌生，在盛装的舞者
回到了固定的场景时
他的台步还没有迈出，而主角已经来临
——那获得水果的幸运者

2019 年 1 月 5 日

我在秋天想念了一个不会到来的人

落叶被踩在脚下，残照在大雨
到来之前徘徊。古老的诗意
从樟树投下的阴影中，又回到
一部经典的戏剧

在秋日，建筑苍茫着
奔向烈火的发源地
我想念着一个不会到来的人
在彼人的名词中注入运动的属性

空心的气候，被人歌咏的果实
都在一个人的承受中变得永恒
我是地域的一个遗存
在秋天，我将放下风的锤子

2019 年 11 月 1 日

静

鱼翅沉入到月亮中
昏黄的搅动带来熟悉的口味

他立在碎石的中间
想到了去年的宫殿

在咖啡的引诱中
蜜蜂载去了老式的轰炸机

而有限的土地只需要一根木头
在春色中抽芽、泛青

月光穿过你，在今年
潮汐存在于你的诗篇

2019 年 11 月 2 日

飞蛾

与火的灵魂联袂而至
知性的衣裳盛开花朵
禁止的密约，无可替代的信柬
均在抚着风的锐角

月亮的袍衣，挣脱了爱情的羁绊
与词的单个的计划
在轨道的动力上舍弃春天
梦境之上，或许有一千个力士
那么之下，将迎来一场暴雨

哦，秋天，飞蛾的节日
穿过车轮的辙痕
忠诚的火，水做的空气
你的法律的一场检验

2019 年 6 月 8 日

暮秋

我在最后的经历里
走过一棵乌桕
它泛黄的眼睛，应该
盯着前面一个水塘
另一种清澈的气息扑面而来
另一种知识在于积累

风会吹去故乡的颜色
它远大的背景中
有一只白色的鸟
驮走车轮上的灰尘
至于眼中的一畦菜园

高过我们愿望的
我们都把握
在暮秋，眼见着天空越来越高
带走了我们的泪水
和叶片上的城市

你可以存在于另一个地域
你可以是秋收、播种
和骨头里的一场大雨

2019 年 11 月 17 日

水利学

在课本中我们可以挖掘河流，与天气的
阻碍互相原谅。透过雨季
或者大路的担当，我们能漂流的很远
少数的集居者和多数的仰慕者
手里都有一张图卷，标记着机械的美
和力的附加值。在时间泄露
悲伤的时候，过程的学问
会乘风而来，越过健壮者的屋顶
在我们的土地留存飞鸟的时候
时光的经纬之术，在芳香的堤岸上
撒开，一如国度的修辞之想
转而成为被笺注的学问
到达了索隐者的胃和他们物质的浅见
无限的风采之想，无限的谷子
和佳人，走在开阔的理解中
我们对未来的解释，被深入的事物
所解析。雨的催眠术会准时到来
不断行进的自然之境，不断产生的
浪花之语，在无声地占据到来者的日历

2020 年 5 月 7 日

银杏

群体的存在，到今天
得到默认
银杏在被攻击的下午
正是我们安坐在寂静中

偏黄的叶，如古代的遗存
如淑女不小心走到了暮年
她看到的暗流，甚于明澈的春天
她听到的对话，沐浴着天真的神情

相对于她的执着，我们会
走得更远，一直到达时光的背后
她的每一声叹息，台阶般地透明
从地理到单纯

数着落叶的人，你要渐渐地
抵达大地的腹部
成为声部与烙印

2019 年 5 月 15 日

喜鹊

时代的繁殖之力从它们的尾巴上
挑起纷繁的歌喉。它们的演唱
在树林间像一个乐队
诱惑着失踪的幸运之石，从云端
滚到落叶的脚趾。它们搬运记忆的速度
超过人对树木生长的渴望
还有未来的透心之箭，带着
彩色的羽毛，爱的奇异之裳

我们的美学养成于它们的教诲中
时间马上就要入暮
它们将为我们送来新的课堂

2019 年 4 月 18 日

狗尾巴草摇曳的下午

在明亮中获得的
我们将还给黄昏

狗尾巴草摇曳的下午
像风声覆盖着睡眠的时间

那么，自然之果将得到它们的奖赏
在重复的仪式开始的时候

我们暗暗地与另一种语言接洽
聆听它们激光般的发音

轰鸣肯定在夕阳的指令中
它们就此诚实，与安坐的阴影一样

2018 年 4 月 18 日

屋前的樟树

已经有十多年，或者更长的时间
屋前的这棵樟树已经能从云朵中
驱赶马群。它向上的姿态
每年都一样，像我的流水
总是跟随着天空中的白鱼

凡是逝去的，我们不必挂怀
在一些事物的驱动中，樟树总能
望到鸟以及正在隐去踪影的窗口
陌生的年月在古老中年轻
那些叶子是永远寄存的眼睛

我们读书、饮酒、与远方的人
打电话，以获得的声响
向一棵树的生长致敬

2020 年 3 月 1 日

金色的叶片

那桂花，我把它看作是金色的叶片
它们挂在枝头，灯笼一样璀璨
就像得到欣赏的人，有一种必然的美貌

那金色，在微微地燃烧
如启蒙的星辰，回到了月光的背面
又如陷落，在人群走过的时候

那叶片，在目光中摇曳
泛着落寞之香，泛着沉静的潮水
泛着雨季之后，一个人的歌咏

所有的叶片都在这里集聚
在沉思、在收获、在石头之上
瞭望风的脚印

2020 年 5 月 4 日

祖国与乡村

我在乡村过年，我感到了寂静与安定
萝卜与香菜，在寒风中带来
温暖，它们与过去的事物一样
仍在倔强地生活着，像一个本质的到来
我看到的道路仿佛是我的生机
总是走来穿梭的人群，他们火热的感觉
像一个时令，又像失去希望的人
又看到了新的火花。人间如此广大
而我们却只要一点，在田野和树木的情怀中
所有的人都在老去，相对于复杂的青春
我走过那么多的建筑，也没有走出
我的童年，甚至我的壮年
我在这里，如同潜伏者遇到一个必然的冬天
那么，我想起祖国，就拥有了一个乡村
它在鱼和物质的怀抱里升起黎明
在我的不眠中，一个博大的未来
正通过正式的仪式，诉说麦子与冰冻
匡正已经过去的错误，在人心上放上蜜与糖果

2019 年 7 月 17 日

乡村小路

我可以向东或者向西，在泥土的关怀中
亲吻麦子的气息。我听到了霜的脚步
听到从温暖走向寒冷时人们的犹豫
我可以在村口歌颂经过的人群
向劳动者捧上语言的桂冠，包括那些
从城里到来的人，也将受到泥土的致敬
我可以在村尾看到另一条宽阔的道路
想象奔驰的车流会载去一切贫穷，在生活的日历上
载来火红的日历，包括去年它们洗去的故事
包括我们生长时，它们的身体拔节的声音
我看到了草与流水，麻雀与枯枝
在我失去方向时，我看到了从不坠落的星星
看到了仙女的裙裾，是如此深切地在时间的轨道上飘拂
当我深入到一个学问，对时令的咨询已经开始
这时，我觉得我已长大
在鬓间的白发也渐渐地融入青春的和风中

2019 年 2 月 21 日

雪地里，有一盏灯亮着

有一盏灯亮着，在雪地里
觅食的麻雀，裸露在它的光晕
仿佛等待都有一个结果
它是那粒最大的谷子

有一盏灯亮着，早起的人
拂去了一夜静谧，叫起了
一地的翅膀，对着那盏灯的背景
唱出洁净的一个心愿

若是回到暗中，第一个发现它的人
惊异了这拥有的预知，无数个
不眠的坚持，在雪中
谁的到来延长了夜

你要为这样的一盏灯写下颂辞
就必须穿越权威的词，有一次
你这样写下：谁也不能越过雪的果断

2019 年 2 月 2 日

在深夜，我的星座升起在远方

我的无所畏惧的行走，决定了
夜的深度，它的风雨
不能让坚守者吃惊，在他们的记事簿上
一个行走的人，有着所有的旅途

当寒风来临，我的披巾
会擦洗一切的幕布，包括倒挂的河流
他们为我升起一颗星，如跳动的心脏
奔流红色的血液

那么需要足够多的星，才能抚慰
记录者恒久的诗篇，像必定要抵达的
光明，被安置的人暗暗地固定
在大地的脊背上

在深夜，我的星座升起在远方
我听到了它们走动的声音，沿着
一个尊严的方向，逐渐汇聚成雷鸣

2019 年 2 月 5 日

深山，那一处眺望

煤油灯伴随着漫漫长夜
每一次，祖先的英灵越过山峰
与他们在一起，向着山外的一处春色
展开呼唤的翅膀

什么都应该来到，粮食、衣服
来往的马与车辆，包裹问候的邮件
以及他们的书本，在无数次的期盼中
成为必然的音讯

因而，光明是这么的重要
任何的眺望怎么抵得上他们的目光
在静静地孕育一个透明的世界

一群人就在那个春天来到，一群人
乘着回旋的暖风，变成使者
他们点铁成金，在一阵欢喜的锣鼓中
第一缕阳光，被倾情地打开

2019 年 2 月 13 日

低于时光

我低于力的引诱，在构造者的眼中
我低于人们的奔跑。人有反复的自慰
不被别人重视，我沉于梦
却被梦的误解所折磨
长此以往，我将消融于一些不确定的事件里
对曙光的指引也采取鉴别的态度
今天虽然古老，但未被说明
明天的曲折会给我复杂的能量

我低于默想的秋树，低于行将收割的庄稼
理想的谷仓还未曾开启，但我已在畅想
什么样的秋虫将低于我的行走，它们的鸣叫
是否能够延续，抵达了屋檐的边缘
让生命长久的欲望是这样的令人心醉
我只是一个比逃跑的菊花更为厚道的人
我觉醒，在悠远的阳光下
举目四望，发现我的道路上将行走着怎样的人群

我低于自己，低于时间，作为膜拜缺失后的补充
我还要低于一切偶像。在呼啸的动车驶过我家乡的时候
找到比光明更为快疾的动力

2019 年 1 月 3 日

景象

站在花园中，你需要景象的陪伴
需要在蜜蜂的鸣叫中，取得甜蜜的收获
人们已经夺取了你大多数的抱负
但你不在乎，也不想用复仇之剑
完成一个苍老的典故
夕阳和朝阳一样有力，这被城市的理解
所证明。花朵与枝叶一样富有生机
这同样被飞翔的鸟群所感激
你把自己交予亲密的人，与他们的未来
一起生辉，一起证明挫折的贫乏
无人想在此时死去，无人在落日行将
举起黄昏的时候，对星云表达意见

2019 年 4 月 19 日

当我再次想起与一场爱情的距离

当我再次想起你，想起与一场爱情的距离
隔着冬天的时针。你在那边
宣扬落叶与大地，做风的孩子
在金黄的角度上挂上灯笼
照彻了人世的无忧
而距离已经产生，像不可复合的器皿
呈现着碎片的形状。星星的指示
在每一个夜晚来临，被我感知
并在书本上写下成语
隐性的牵挂，并不能让你更能
贴近生活的目的。秒针随时的嘀嗒之声
似乎在缝补色彩的不确定
我生而为你的参照，却不能为你带来
平行的快感，只是偶尔的交叉
能让我们彼此独立。世界在稳定中存在
悬铃木巨大的倒影可以安放一张合适的底片

2019 年 9 月 14 日

你的过去

你的过去，映照了谁的青春
一切失误都已经不存在，人世急速得
已失去了辨别的机遇
你曾小心地摇晃树木，与灯笼说话
在别人的身后踩着影子
为了在自己失踪前赢得端庄的过程
那些日渐老去的面孔，将加速生活的不可能
将词性的复杂程度降低
使过往的人群重复着简单的姿势
若是有人在一棵树下大呼你的名字
那一定是一个未被遗忘的人
在争取重新说话的权利
寻找烈火的过程我们都有过
我们着意于温暖，而一些人已经在火中化为灰烬
而我未被你忘却，还在你的前面
固执地奔向建筑，像遗迹得到了复活

2019 年 9 月 15 日

爱的蛋白质

你是爱的蛋白质，是圆满的食品
对于生活的感谢。当你行将
抛弃一些经历，走向一张餐桌的时候
你就成了单个的人，有着与别人
不相符合的个性。你的营养
无人能够解析，他们只是在抱头痛哭时
才想到你的无私和对生活的爱
一个生气的人是一个不可理喻的人
当你的指引成为可能，他也只要自己的餐具
保持洁净，而对气质以外的赐予
抱有蔑视并会转身离开
城市陈旧得只剩下一张书桌
人们从新鲜的面包房里迎接少女的脸庞
你是我的蛋白质，你还年轻
像风拂过了一堆暗自发光的事物

2019 年 9 月 18 日

在于

我在于你的过失，在于你在人群的一个承诺
我等待了很久，在于你的坚持
世界表达得这样清楚，我假装没有听见
包括拒绝和厌恶，包括你丢弃的楼梯和云彩
在一万种选择中，我只有一个
假装的自我能保持我的尊严
因此我讴歌、微笑、像一个端庄的存在
以利于打动理由的版图
生活是复杂而完美的，但我已经没有了过去
在于你的生动所策划的现实
反复的叮嘱也是有效的，而我不想听见
在于你的现实，在于身边流逝的灯笼
所焕发的荧光，它是多么的无辜

2019 年 10 月 13 日

当春风拂过我的窗前

当我要重新得到寄居的词，杨柳已经同意
从江湖中为我运来明亮。当我突然失去了
伤痛的权利，在人们的欢乐中
打响手指，我看到
我被安放到一幢巨大的房屋中间
被宽敞的窗户包围
当春风拂过我的窗前，当燕子
说出我的一些灵魂的东西
我就会放弃沉重，加大自己想象的马力
我情愿现在背着这幢房子前进
因为蝉已经乘风而行
因为奇怪的风之歌唱像一个壳
把我罩住，又给我带来了新生的祖国

2020 年 3 月 28 日

祖国的早晨

我听见风唤起钟声的朋友
他们在花丛中穿行，以简洁的速度
留下相互问候的礼法。水不再倒流
在一艘航船开过后，荡开波纹
仿佛他们遥望的都在走向远方
夜已经隐去多余的触角，只遗留
失眠时他们意志中的美
多少年，在每个早晨
祖国乘风而行，带着歌唱的母亲
走向大路和建筑，走向阳光之诗
和家园之中一场早餐的安排
解释的东风在感动，它吹过的头发
都有矫健的生长，达于高山的顶端
达于森林的空阔和一片无垠的海洋
谁能最终理解我们的觉醒，在平缓的时光中
谁的唱词印证了爱的崇高与庄严
当黎明过去，花也在开放
我们就是蜜蜂的伴侣，是祖国微小的飞翔

2019 年 8 月 3 日

葡萄酒诗篇

哦，赶快到来，抛弃绳子的枷锁
与大雨的赛跑，将得到赦免
你是我的兄弟，葡萄的女儿
有酒的芳香，超越了动力的火车

哦，季节的到达者
重复的命运，诗的枝叶的小号
都在集体地低沉，向着一张固定的圆桌
向着紫藤和花束的时间

哦，重力的源泉不可更改
那陶醉的果实将得到采摘
被召见的春天将遇到秋天
水流到孕育者的根部

哦，你要学会动摇
在学术被疯狂灌溉的时候
提升思想的准绳。纯洁是不能复制的
你有一个绝望的过去

哦，你的瓶子像一条河流
码头上正在升起月亮，姑娘在轻轻地歌唱
你举起的杯子，盛满了
祖国的星光和城市的论据

哦，一切相似于苹果的抚慰
在一个人的建筑内，你是酒
是葡萄，是圆润的一次回答
它总是通向稻草的黄昏

2019 年 10 月 5 日

西塘时光

一个结局与所有的结局类似
河流已经布局
从环秀桥的皱纹中
延长阅读者的的兴趣

人流打开了寻找的门缝
似乎每一个人都是突然决堤的鱼
游弋于叩问的历史
廊棚是旧年的布景
存在于目光的闪耀中

水边的菊花静寂着时光
闲置的天空
如风游过一个人的畅想
你要跟随的一个典礼
迟迟未能在沉睡里醒来

而相爱的人已卷起彼此的回忆
在一片叶子上写下名字
与流水的倒影一起生长
与石头的回声一起
收获金属的诗篇

2018 年 3 月 1 日

花园

鸟的鸣叫在高空传来，镜子中
透明的生物沉醉而高傲
像你指定的物像回到大地的怀中
谁在降落如你的昨日

经历悲伤的人，在树冠上打捞
他眼中的每一枚明亮，登上枝头的日子
还在颤颤地等待阳光的回声
如果欢快到达了水的镜面
那么还有什么不能涉水而上

降落的花伞在你的手中确定为果实
当你忽然地无声，那重回春天的言辞
就会垂挂下来，如同果实走到了跟前

2019 年 11 月 1 日

黄昏的灯盏

淌过流水的石头，我皮衣上的
虎豹花纹，两种金属
性感的自然跃起的沉醉之舞

向内有不可预计的深邃之相
睿智的雨露沾着植物
在地理营造的构件中

你望得到的睡眠
消逝于江南的体表，如吼声
触住偶语者的经卷

在黄昏，要学会闪耀自己
与初生的娇嫩之蕾一起
打响手艺的节拍

2018 年 6 月 4 日

虚构的城墙

我有众多的老虎，攀上云梯
在你的云的手，云的愤怒

无声的世代放射着光明
你在背影中，崛起
奔驶而来的荒原

从繁重的攀登中
谁的恩赐光临到你的头顶
像一个人终于有了自己的愿望

若有遥远得到书写　你的记忆
会就此止步，与奇异的回响
一起安定在你的梦境中

2018 年 8 月 9 日

天真

我回到尘土上的草，阳光
像初涉人世的抚慰，在我的清澈中
光临到衣襟上，蜜的提炼物
从旧时光里降临

我要继续发动游走的能力
一地萧瑟的苛刻之相
使每一次找寻都没有依据
谁的沉重之力可以阻止新的阴霾

若是有新鲜的老虎，落入我的圈套
谁的无辜会得到寄存，我听到
它微弱的呻吟到达了宇宙的一个边界
成为隐去的星宿

我始终摇晃的吟诵，从一棵草
传递到另一棵草，季节大手大脚
感动于猛烈的悸动，风吹醒我的晨歌
如微小的天真有着博大的企图

2019 年 3 月 24 日

失语症

镜中，他堆起一个雪人
在它的头顶，盖上一顶小圆帽
仿佛水塘，映着另一个人

每个人都相信，他的身体里
下着一场雪，从脚底
逐渐堆高到喉部

现在，他是一个纯洁的人
清澈得如一块玻璃，与经过的气候
保持着默契

他要不断照见自己，在失语症
发作的时候，预备好一个早晨

2019 年 3 月 11 日

群鸟

它们想要落下来的地方
被群居的欲望所实现，一群花
代替时代的繁象在开放，与人们的
初衷有着相似的不可替代的认可

如果能飞得更高，冲破黎明的雨水
在整个命运的空间拍响纯金的火焰
那么谁又能可怜地认为，他们的仰视
会脱离臆想的怀抱，把一切赠予
早晨来临的时候

总有你们的阻挡在它们的无声中
像一种倒退，当风在一个磨难中
擦洗羽毛，它们应该向往了大地
为着不断升高的落寞之相

它们启发着到来的自由，芳香的原野
在内心里广阔，当收获之翼
获得了解脱的权利
人们就会重新得到自己的眼睛

2019 年 11 月 8 日

诗篇

遥远的颂扬，自我敬奉的礼物
歌唱者满目含辉，向着深夜
月光的赠予

晴空向往着白昼，在我的字典中
星星总是拍打着翅膀，像一群小马的流浪
它们会隐身，在我的阳光中

语言的道路，沉醉的归人
我的门的密钥，难道掌握在他的手中
当一季的风光走过我的面前
他要说出昼夜与我死亡的秘密

2018 年 5 月 15 日

明天

明天你要穿上整洁的衣服
与一棵树的契约要得到继续
明天你要放弃歌唱
你要落在冬天里　在冰原上
划动焰火
明天你要与你的小孩
离家出走，知己的风
将吹在你的身上
明天你蓝色的风衣
将展开一场电影，你要在其中哭泣
并献上珍藏的珠玉
明天你的一个孤寂的悲哀
将领养一匹马，歌唱的盲人将回家
明天你是重生的一次释放
你的床上，开满了腐朽之花
明天你能收到遥远的邮件
在那里，你是一个被反复吟诵的人
哦，明天，你结霜的嘴唇
含着金，像适当的天气
即将落下湿润的雨

2019 年 3 月 27 日

初春之奠

初春在过去，从一朵油菜花的
怒放中，我看到更多的春天在到来

蜜蜂来到了我的密室，又转瞬不见
仿佛甜蜜即将过去，而山河
却不断地茂盛

我要在我的忌语中增添蓝色
那火焰一样的沉默

我的悼念是否联着了一篇文稿
为什么鸟的喧声是一片的火热

2019 年 2 月 28 日

红棉盛开时，
我看到了世界的圆满

在南国，爱是可以分享的
就如红棉开放时，春天就成了
每一个人的家园

我在雨中等待那些到来的原谅
等待红棉的芽尖悄悄地绽放
在一场预期中，呈现别样的美

那么，火焰将成就英雄
天空中，那大朵的燃烧
让我看到骑马人挥舞着旗帜

在南方，人的鉴赏
只有在春天，才变得浓烈
他们的眼中，有一个灿烂的歌颂
直抵生活的核心

如果是在夏天，那么也有遍地的浓荫
让清凉成为一盏茶水，幸福的人
回到了悠闲的岁月，回到了

天空下的一个棋局

红棉盛开时，我看到了世界的圆满
看到大地上的建筑，也在温暖的怀抱中
展现美与自信的归依

英雄在一个晚上诞生，在黎明
他骑上了骄傲的座头鲸
从大海边，运来了火热的云朵

2019 年 8 月 9 日

芭蕉

南方的粒子放纵着射线
在厌倦来临时，它们宽大的叶片
会送来一片阴凉
在东方，人们饮酒、吟诗、操琴
在古代的铜镜中忘记风声
美的事物不断地得到发现
谁还在挖掘着青砖与檀木
在里边安放失魂的春天
凡是我们看到的，都隐在幕后
劳作者的手中紧握住锄和犁
凡是我们听到的，都传到了谷雨之外
一个弹弓手，就可以把
文雅的酒碗打碎

风气已经形成，我们各安其位
人将成为自己的植物
譬如芭蕉，一支唐朝的歌曲

2019 年 8 月 18 日

丁香

雨和月光都抵不过太阳的光明
那些摇动着的是安详和平静

潮水在远方，在岸的边上
它怎么能牵动一个美好的结果

我们看到的徘徊与忧郁
都连着水的方位——人的居住地

在花园，一个人的秘密等待分享
那里有离别、钟声和种子的萌动

忘记是平常的事，只要你
拼命地奔跑到芳香之国

在那里，百物喧哗
有无数催动的铜管

由于季节的原因，人们总是迟到
作一个最后的观赏者

这没有什么不妥，当前方传来动车的声音
我们也只是翘首远望

美德的修养有关于一个距离
它从时间的经纬中露了一下脸

而什么才是夕阳中的回顾
我们不能苍老，也不能对着书本说出违约的话

2019 年 7 月 28 日

在夜里，我想着另一个白天

在夜里，我想着另一个白天
通过时序的检验之后
花朵绽放在露水中，城市也变得美好
友爱的人彼此依靠，露出洁白的信函
把它交给春天的邮差
垃圾箱更为洁净，让时代的废弃物
有一个归依的场所
人们的志气将更加高昂，和荣耀的精神
一起成长，抵达樟树的夏天
鸟儿欢鸣，死亡远去
历史将记下一些名字，又将另一些名字抹去

2019 年 6 月 8 日

赋予

赋予命运以重新崛起的可能
赋予山失去阴影，赋予水的弹孔
在流逝中出现
赋予我走过的路能有更多的人的陪伴
赋予大街以思想，赋予到达者的口袋里
都有一张地址的卡片
赋予生在另一个人的欣赏中
赋予死以重新获得的意义
赋予夜色中的窗户
再次亮起灯，看见别人
从幽静的小径走过

赋予你以整个动词
在静止中，看到河流和它的堤岸

2020 年 1 月 4 日

咸

盐，作为一座高山
我要把它砸成粉末
盐，作为流水
我要让它凝聚起来
像一种雪白的精神

现在，我的味觉是咸的
超越了所有奔跑的马

即使是森林
它也要沐浴海洋的风

2020 年 1 月 5 日

偶性的词

失神的街拒绝孤单，在它的另一面
平行的驱驰在进行简单的合奏
像两个互相遥望的人，从口中的记忆中
吐出偶性的词

脚步也从此处响到另一个安静的处所
惊飞的蓝鸟叼起了复杂的花絮
它们的新的密巢还未建成
雨将落下，而穿越没有尽期

我们的指证被别处获得，在摇动的心脏上
单纯的目标，在换另一个步伐前进

你要继续在风中询问，换来透明的空气
交与感知者的器皿。那红色的灯笼
正在替代你的目光，当你合上眼睛
你会听到重复的声响发动了复数的机器

2020 年 2 月 1 日

通讯录

姓名、地址、联系电话、手机
它们排列的程序有一个台阶
一个连着一个，像在采购红色的栗子
表格、黑线、楷体的文字、代表尊严的符号
在这里都能圆满地找到自己的身份
它们将收容你的历史，在简单的操纵中
展现复杂的场景
而这些你都没有看到，你看到的是
白天的寻找，黑夜的某个数字的响动
排在上面的人将给你阴影
使你免受阳光的指责，又不得不隐去风度
城市给你一个胃，你在姓名栏内蠕动
分解一些词，又把记录者记住

2020 年 1 月 11 日

介词

我要找到一个方位，借助于介词的坚定
包括疑惑与不解，都可以得到呼应
鸟将飞到它的家园中，穿过单个的介质
发现地址的依靠，已经在到达的过程中
死亡也是如此，能够虚指
能够用另一个合适的装扮的词
代替眼泪或者仇恨的某个瞬间
隐去的不仅是光芒，还有灰、黑、紫的颜色
当我在一个事件中安放好一个指定的位置
那些暂借的语言就会击打我
让我充满悲悯，像来到了另一个地点

2020 年 1 月 18 日

香味

不同的妇人，带给我不同的香味
在公园的密道上，我与她们相向而过

像无关的麻雀各自东西
但她们的遗留涉及了我的尊严
即使她们走向不同的陷阱

我也能看到飞翔的部分
在谁的安排下，它们将
给我翅膀

2019 年 5 月 4 日

挽留

我坐在一张木头的椅子上，看着一棵树
和叶子在地上投下的影子
它们在摇动，从一只蝴蝶的翅膀上
移动到另一只蝴蝶的翅膀上
我已坐过整个人世的依靠，他们将看到我
在一个空白的空间所点燃的一星火光
虽然是在白天，我要把暗暗经过的钟声
抓住，将楼上的音响最柔美的部分
抓住，将健在的脚的下一个目标抓住
我看出我的挽留是多么有力，因为有一把铲子
正在翻新泥土，并把它们种植下去

2019 年 8 月 9 日

夜的通道有无限完美

耕耘者收起工具，开始踏上
回家的道路，因为黄昏
已经来临，灰雀在树巢中
也失去了踪影

广阔的眺望被浓重的暮色
所替代。星辰在粮仓的上方
俯视着稻谷，在年华的十字路口
忽视静默的畅想

夜的通道有无限的完美
喜鹊不再欢叫，湖水晶莹地像一块
清醒的黑宝石。人可以拒绝一切
在屋子内，擎起酒杯
诵读一些火焰一样的词

若是在大地上走来远方的过路者
那么，请他们停下
俯在树的心脏上，聆听流水从高空淌过

2019 年 10 月 11 日

天边

我们所凝视的天边，其实匍匐在大地上
在地平线上，有一棵结实的树
广阔地收紧了我们的视线
让眺望的证据蓬勃而有摇晃的特征
天边，有无数的马在奔跑
在树荫下，它们棕色的羽毛
掠过蔚蓝的海洋，溅起
庞大的水花，像祈祷者
获得了宽泛的心灵
人间的长河还未完全抵达银河
我们就已经逆流而上
在雨季的悸动中，检验爱的距离

2019 年 7 月 18 日

我的黄昏是这样的深远

这样的夜，我已经历多年
路旁的樟树看清了我的头发
是怎么变白的，还有
我日益茁壮的背影
是如何地与高楼保持一致

这不包括我的大脑，那展开的情景
每天都有不同的花样
我看到了简单，就如我的思考
每次都闯入同一个人
和他骑坐的马匹

我真的想那变形的路灯再亮一些
在它的高挑里，一些被
忽略的事，经常会发生
我拥有前方的车辆，而不去
关注人们的相遇会留下什么语言

我要把自己留下来
黄昏已给了我安居的背景
我不想走到别人的袭击中

这自私的构想
是否达成了人类的宿愿

哦，深远的牵挂
你是我记忆深处的一匹白马

2019 年 11 月 2 日

城的告知

在一幢又一幢建筑中间
我没有拒绝它们的眼睛向我睁开
仿如那看见的还缀着出生的印迹

我想不断地离开树木和鸟
离开雨的扑打和人的认知
相信神奇的空间
能载来共享的火箭
把我射向机密的提问
那里面有提纯的火药被点燃

城的告知早被预报
在人们的行走中，有一条宽阔的道路
正驶向金子，驶向黄浦江的日出
失群的人有一群抵达者
他们的背影得到正确的描述

2019 年 8 月 30 日

法华镇路

在黄昏，这条路的灯光泛着
蛋糕的香味，它幽黄、狭窄
像指定的密径，被忽略者走过
我试图考证城市的荣誉
看它如何驶过国家的世纪
但在两棵树中间，我站立
沿着车流笔直地流驶
去发现荣耀者的痕迹
我只能相信它的古老，相信雨季来临时
人的证据会从记忆中显现
哦，同行者，你要负担一个故事的价值
时刻说出这条路与穿越的关系

2019 年 8 月 30 日

上海的鸟鸣

在交通大学的校园，我爱上了
阳光下的鸟鸣。它们从秘密的天空
来到人间，从一根绿枝条上
预报晨光中的抵达者
现在，上海都笼罩在它们的呼唤中
包括法华镇路，包括定西路
都在青葱的叫声里
打开步伐，打开记忆之门
哦，我坚信了人们的许可里
有珍珠滴落的声音
在海边这个巨人的圆盘上
你会看到捡拾者
像收到了晶莹的礼物
亲人般地赠予别人
或者潮水中的贝壳

我期待更高的收获
那鸟鸣打开着自己的结构
让我想起居处和云朵

2019 年 8 月 28 日

上海的夜晚

——悼岳父

上海的雨的父亲
在天空看着逝去的人
每个告别者
手里握住浪花
向打伞的人
赠予慷慨的礼物

东沙虹港路平静地安卧着
像河流最终回到了港湾
没有人在意鸟的失群
他们对着残存的桅杆
想象经过者的无辜

一个人想念了
另一个世界
在起伏的挽留中
他已抓住了最后的落花

多少年月还要继续
如同霓虹的歌唱
在每一个时代
都是汇聚而来的盛宴

2018 年 3 月 21 日

旁边的楼

在瑞虹路，我看到它不是很高
至少与我看到的马路上的楼有差距
我第一次沿着它椭圆形的轨道绕行
与一个中年男人相向而对
至少我的沉默是有效的
这幢楼没有发出唱歌的声音
和说话的声音，连开关拨动的声音也没有
那么，是谁掌握着密法
在天上的门轧轧打开之前
把我的虚妄之心隐藏
并在少女来临之前
安装好笑容和问候的礼法

2018 年 3 月 25 日

忽然，你的眼睛

走过一群城市的孩子
他们想念了光明的岁月，折服于
阴凉的流水，因为它会带着他们
找到另一个润泽的归所
南京路和淮海路在催动新的星体

忽然，你的眼睛亮了一下
因为清晰的标牌为你指示了路径
你可以走到高空，站在巨人的肩膀上
发动一棵草的变动
哦，你的祖国会因此而强盛
在云朵上生长果子与花园

2019 年 8 月 27 日

新华路的梧桐

那高过雨的建筑一样的伞盖
遮蔽着整条大道，人流的疏忽
丝毫也不能阻止它宽大的叶子
从天空的寄居处奔向大地
然后在空地上翻滚，与风为伍
把失落的云朵一起吹向垃圾箱的底部

那依靠人们的恭敬而生长的枝丫
在图画中生存，若是在雪天
它有巨大的抱负被染成洁白
渐渐奔向奔跑者的眺望中
然后成为经典的某个事物
然后成为未来某个演出的前奏

那深入的坚决，在泥土的中间
埋下庞大的故国，与黄金的泪水一起
奔向家园中的植物、生灵
和魔的力量。这坚决的藤蔓
即将歌颂它，在暗中的沉没
将延伸、将漠视、将把力举成石头
并舍弃自己的欺骗

新华路的过程将通向雨的单词
如苍茫、如沉醉、如夕阳普降
在浩大的声音响起时
呼唤生长，永不反悔

2019 年 8 月 28 日

在上海，谁将走入夜晚

我相信每一个人都有夜晚
尤其是坦率的路灯延续了一部分人的白天
他们在草丛和鸟声中怀念早晨
在最后的语言吐出之前
相互欣赏于人间的交谈

在上海，谁能一步抵达黎明
舍弃死接近生
谁在窗口站了永夜
对即将过去的事物不着一词
如同他飞过了童年
又想飞过中年

在上海，谁将最终走入夜晚
成为雨，成为拥抱，成为生存的偶像
当繁复的秋声敲打他的窗棂
他将记录自己的感动
和别人的银色的走动

兽将休息
唯有人携带着盾牌

准备上路

这城市的夜，请保留他们的获得

2019 年 8 月 28 日

奋斗

河流是岸的奋斗，铁是火焰的奋斗
你是出生地的奋斗，像雨一样的存在

猛烈的暴风卷起了蛋糕的嘴唇
达于梦想，达于舒缓的节气

你有松树的猛烈，有词的击打
从庞大的身体里抽出银丝

城市也在颤抖，在一个指代中
你将回家，准备一场歌颂

2020 年 10 月 2 日

铭记

而活着要接受自己的询问，有一个场景
得到铭记，是一种幸福
我们反复在一个单独的森林中
迎接风的体谅，在百鸟尚未出林的时候
做一匹温暖的独角兽
你给予的只有风暴和利斧
只有温热的血和不断动摇的心脏
你和谐了流水的茫然，而不曾
被远方的奇迹所容纳
我们和你，有着格格不入的春天
因为和煦的目光让我们过于畏惧
那些未曾表露的事物，总是在此间
萌动，把芽尖伸向另一片蓝天
万物的主导者啊，也没有安息的迹象
他蓬勃着，从我们和你的眺望里
安装一幢祖国的房子

2019 年 4 月 19 日

祖国的可能性

我在睡眠中醒来，思考祖国的可能性
那么，它可能是一个梦境
从长城到黄河，都在咆哮或者肃静
我从东北到华北，到华东和西南
经过了西北的山冈，沐浴了东南的风气
无论是北方还是南方，无论是东部还是西部
我都有一种赞美，在梦的星光中
成为无限的高度，成为追溯和温暖
那么，我将打开我的窗子
看到街道和红色的墙壁，看到归家的人
提着袋子，像一个孩子般的纯真
在他们的字典里，一定存放着一串
祖国的名词，让他们铭记
在午餐之后，他们会默默吟诵并且感动自己
如果我离开这座城市，那么一定会被
另一座城市接纳，我的微小、卑陋和朴素的面貌
将会重新焕然一新，像真正的主人
被赋予了叙述的可能。那么，我的祖国
会越来越宽阔，如同我无限的远行
通过了所有的城市和乡村，通过了
桥的认证、老虎的叮嘱，通过了

无限的人群和他们手里的果子
而这苍茫的人世必将崛起在祖国的心脏里

2019 年 4 月 25 日

而生是可以被幸免的

我在午夜走进花园，看见肉质的植物
在星光下泛着光，对面的石榴也已进入了梦乡
世界已进入呼吸的状态，在梦境中安稳
与自己的爱人说话，做一个诚实的人
我点燃一支烟，看着这唯一的火花
划过紧密的追赶。我相信，我的身后
一定停泊着一片广阔的草坪
在等待孩子的涌入。而生是可以幸免的
我感到黎明即将来到我的嘉勉中

2019 年 9 月 18 日

祖国的夜晚

祖国的夜晚有无边的辽阔，当我抬头
仰望那不断汇聚的星云，就一定会感到花朵的颤动
在对黎明的渴望中，一切秘密的生长
都有了宿命的痕迹。那是风，吹过
清醒者的书本，在台灯的映照下
无限的文字在畅游，淌过了愿望的河流
那是一部戏剧的开始，在曲折中高尚
在陌生中进入宽广的境域，而结果的美好
将被观赏者认可，与他们出生时一样
还有，年轻的心在红色的路灯下起伏
他们越过城市的开阔地，奔向花园中的桃李
在思念的病症发作时，打开手机
追溯着滑翔者的流逝，在星光乍现中
成为一个幸福的人，一个起飞的意义
更高的楼房可以安慰我们，从歌颂的中心
到达完美的照耀，我们热爱每一盏灯光
想到夜晚的美好，并且自信祖国的白天里有一个祝福

2019 年 4 月 1 日

美的村庄

它的桃园从春天延伸到夏季
在秋天的回望里，取得贺词
我们走过的路到这里得到静止
看到远去的白云载着白鹭的翅膀
它们带着秧苗的力气
在自信的空间调控阴沉的天气
草得到规整，懂得把自己
充分的展示，在行人的眼中
铺展被邀请的毛毯
啤酒的开瓶器撒落在爱的田野上
芳香到来的时辰，任何人的确定
都被一饮而尽，直至达到树木
装点的家园。雨的记录本上
文字繁密，在秋收过后
村庄脱去了代词的衣裳
开始酝酿自身温润的主题

2019 年 6 月 19 日

鲜花在遍地怒放

我来得太快，没有在凋零的时候
表达哀伤。鲜花在遍地怒放
像洪流的翅膀布满了目光的天空
生存的技能在这里一文不值
我的语言在此时成了简单的单音词
除了感叹，还有什么
能让我延续好自己的生命
在我的身边，事物得到加冕
康复的人也到达了它的坦途，那些升起的故乡
在生活的轨道上，成了自己的王

                                    2019 年 6 月 19 日

步履

我走的不是太快，我的步履
只与植物的生长速度相似
在一个晚上，紫云英又长高半寸
在人群的脚步旁，摇晃着脑袋
人们不会对低矮的事物产生兴趣
就像它的花朵很少进入
志书的收藏。当我走过
更多低矮的事物，譬如：忍冬、算盘子
杭白菊、菖蒲、紫娇花、野荸荠
我的心情就会大好起来
因为我获得了低处的馈赠
对于它们，我可以置入自己的历史

2019 年 7 月 16 日

属于

街道属于我的过客，每天清晨
当我驶过它，我的记忆的词库内
竟然没有泛起一丝涟漪
难道人们的失踪没有引起我的警觉
难道一个人失声痛哭时
并不需要另一个人的陪伴
当我看到清早起来晒太阳的人们
我就知道，他们属于经历
属于几个故事的拥有者
词不会发酵，只有过去在叙述
并被我的经过忽视

2019 年 7 月 17 日

北京，雪白的冬天里鸽子在飞翔

——献给北京冬奥会

鸽子在飞翔，在北京，在祖国的心脏
在五环旗再次飘扬的地方，它们呼啦啦地
从一个冬天的愿望中起飞
向着广宇和山川，向着和平和友谊
绽放着美与自然的音符

中国在美好地祈祷，向着一颗世界之心
表达友好与尊重。我们曾经感恩的
壮丽与端庄，伟大与洁净
都在一次翱翔中化为雨、化为钟、化为大地上花朵
人民在欢快地舞蹈，迎接神圣的天空中
载来的光明的使者，他们的强健
必将与庄严的搏动在一起
成为这个季节最美好的图腾

在故宫、在颐和园、在体育中心
在郊外的滑雪场上，我们看到的健美的羽毛
覆盖着蓝天，覆盖着初生的土地
那雪的造型，是诗篇的永恒
欢快地抵达腾跃的盛会

2019 年 1 月 1 日

从淀山湖回昆山的路上

孩子们在车后座谈情说爱，描摹着淀山湖的波浪
以及一个农村所呈现的面貌的变化
它真的让人着迷，因为每一个人都回到了家中
有无限的归宿感启发着他们，让他们
从有限的经历中获得营养，给自己的亲人
以报答和安慰。我在开着车
看着前面的红绿灯不停地闪烁，也不停地发现
许多车辆从左边或者右边超车
仿佛前方有一个约会在等待着他们
让他们不能自拔，加大了马达的速度
在我经过千灯时，工业区的热量扑面而来
让我感觉在资本生长的后面补缀着
许多的涵养，那过程或许是一种折服
在不断清新的空气中走向圆满
我觉得我的车开得很快，好几次超过了
限定的速度，使我感到
我的目的已脱离了乡村，而到达了城市
那些乡愁已经离我很远，但我并不失落
只是孤独感日益增强，我知道夜晚的力量
能让人更加的不安，我正在驶过的道路
留住了我，也留住了目标和单词

2019 年 2 月 1 日

在江南，小镇的街道流淌着银光

在江南，风吹向小镇的每一次搏动
那些从旧时光中走来的遗存
遭遇了时代的青睐
遍地的玫瑰在抒情地开放
一个立体的故事
仿佛在人们的心头，石板街
被赋予了芳香的使命
楼在不断地升高，使命的担负者
阐释着小桥流水的新的刻度
我们走过的每一条街道
都傍着流水，在四季的阳光下
它们接受着潇洒的品评
在喉舌间吐出银色的光华
这与我们的担负相一致的色彩
纯洁、晶莹，透着风过万物的体征
现代的歌咏者，把每一个词
刻写在明亮的窗户上
树矗起的明亮，让玻璃呈现
更为苍翠的渴望
草坪在脚下伸展，在朝霞或者暮色的光晕里
流淌着自然的音符

我们就这样，感受着江南
最好的时光。在这样美好的浸浴中
我们想起一些卓越的经历
感到美好的种子在啪啪啪地发芽

2019 年 8 月 4 日

长江路

我停下自己的脚步，反复张望头顶的路灯
看它发黄的照耀是否还在向前延伸
简单的旅程常常使人有意料之外的收获
但在此间，我只有发现了无限的遥远

我的河流应该在前方，拍打我的小姐姐
在她的额头写下牛郎和织女，在以星座命名的
心情中，她是友好的，充满辩证
给人们一个幸福的心情，甚至是疯狂和单一的追赶

我情愿这是长江的陆地表现，它有堤岸
譬如这些建筑护卫着它，看着它长长的身体旁的
绿化带，那些花和草，掉落的星星和慈祥的车灯
都能让晨光决定于黄昏，成为被向往的东西

时间快速滑向一个不知名的深谷，在安慰自己
在孤单的自问中，迎面而来的人会悄悄地解决我的诉求
至美的享受正在到来，我打量着自己的行囊
希望从中找到这条路给予我的秘密

2019 年 1 月 5 日

在乡村，幸福总是
伴随着鸟群的降落

我们有美丽的心情，通过了乡村的
所有的路口。在崛起的庄稼面前
花还在摇曳，发动机
正搬来一年中最好的时辰

绿树打开了遥远的册页
向着水和堤岸弯曲的情感
描绘着农业的风华
单词在不断地发酵
向着我们的收获，向着大地之上
一场大雨的浇灌

在乡村，幸福的时光
总是伴随着鸟群的降落
它们从古代的段落中摘取羽毛
从现代的热烈中发现场景的壮美
与欢呼一样，翅膀的流云
凝聚着和风的风度

那么，我们的新时代
也一定会飞得更高
在人民的情怀中得到书写
稻谷和麦子，田园和瓦块
都将在集体的颂扬中
到达甜美的日子，像我们憧憬着的辽阔

2020 年 3 月 8 日

在希拉穆仁骑马

现在，我腾身而上
在席力图召的背景下，抚摸云朵
我夹紧的双腿，在蒙古马强健的肌肉中
感受力量和雄奇
那马，来自丘陵和草原的抚慰
来自希拉穆仁河边的暴雨和彩虹
它飞奔的姿态，让一切青草
沿着箭镞的方向，燃烧空气中的火焰
是啊，我赛马、摔跤、射箭
跨过阿勒宾敖包山边的大桥
来到草原的中心，来到勇猛的疆域
我可以像风，像雷电，像鹰的孤独
在暮色来临时，追赶夕阳
也可以在人们放开歌声的时候
信马由缰，用初生时的贞洁
告慰那些到达的事物
马肉和羊肉，炒米和奶茶
让我的速度更快
快过人们对黎明的期待
当白色的天空驶来吉祥的绸缎
我将捧起高原之心
说出感恩和蔚蓝的图腾

2019 年 9 月 3 日

如果我能在雨中和你相遇

我遭遇的雨，比别人的所得更多
当我离开了伞，一个人在雨中独步时
我看到毁坏的建筑被隔离在道路的两边
那些从白天开始修复的念头
到现在还没有停息
在雨中，我只有夜晚的补偿
能够填满空虚的代词
想象孤独的草也在雨中默默不语
我就希望和你相遇
哪怕只是擦肩而过，也能安慰
藤蔓一样的生长
在杂乱的脚步中，安放宁静的语调
成长不可避免，就像这雨提醒
所有的生物，在暗夜生长高度
你一定要到来，相信前方
一定有一个晴天安放的雨后的晚餐
仿如结局已经被预料
你绝不会是一个过客

2019 年 10 月 12 日

宁静

我有一个主意，你要绕到人群的背后
远离瓷罐和流水，在伤感来临的时候
在手心里藏起纸条，不让一个字
泄露出你思念的秘密
这样你就能宁静，你就能在世界
变得狭窄时，怀念走在前面的人
怀念他们的提琴和诗篇
不管你走得多远，不管花园里的翠鸟
诱惑你多少回，你也能把握
树上掉下的叶子，在后面的人到来之前
将道路扫净，在玫瑰上别上纸条

2019 年 2 月 3 日

清醒

不是你的到来，才使我清醒
我想象在黄昏的时候，我还是一个人
不会遭遇一个故人，包括你
人世的离别这么简单，在一个平常的地方
被感情折磨的人各奔东西，而没有留下什么
现在，只有灯光还像你的眼睛在闪烁
通过了时空巨大的翅膀，把真实的力量
赠予无辜者。人可以轻视自己
但不能挽回在记忆中的一只豹子
它鲜艳、多感、有烈焰的猛烈
并且在你需要时随时在你面前卷起风暴

2019 年 2 月 4 日

单位

结构主义的范例，人的抒情被赋予了钢铁
我登上了辽阔的马达，只有知了的轰鸣
从窗外的树上来到了人间

消失的证据，被反复陈述的梯子
人的陌生感的邻居
谁都在植物的关怀里埋下自己的头
谁都在想象、祈祷、思考生灵

2019 年 8 月 12 日

而夕阳已经在壮美中

汽车驶向大街，人在歌颂
森林里的鸟忽视了白发的人
它们跳跃，在一棵青枝上跃向另一棵青枝
像获得了圆满的解释
露台上的人在想念新年，他的眼前
播放着诚实的图像
而夕阳已经在壮美中
从山的头颅上马上要纵入湖水

2019 年 8 月 14 日

舒缓

在没有人的下午，我能安坐到午夜
我听到时间流过窗棂的声音
流过咖啡的声音，流过石头的声音
我听见人们放轻着步子
走过了警察和诗篇

舒缓，我听到了夜滴落的露水之声
像河流在涌动，抵达了美与永生

2019 年 8 月 17 日

我渴望世界有一个圆满的答复

我没有疑问，在熟悉的环境中
我呼吸着隔夜的空气，与花朵的默契在不断地加深
在诗篇还没有孕育完成的时候
我要保持年轻，与露珠的镜面相一致
我的孤独和忍耐，不需要谁来同情
也不必在诚挚的幻想中加入蜜糖
我渴望世界有一个圆满的答复
对于你，我只是一个词的组合
在一些镜头失去时，我只是生机的延续

而你是陌生，是我必然的事物的诚实
我将到达，平凡是如此地得到藐视

2019 年 9 月 7 日

纪念馆

从田园中诞生的，我们都记住
或者风从四面八方会吹来

从记忆到建筑，传统到血
都来到了观赏者的居住地

没有哭泣，泪水流淌在另一条河流
我们深居于熟悉的环境中

但是，人群成了大地上的谷物
在秋天，你需要留下自己的仓库

2019 年 8 月 19 日

屈原

1

我怀念楚国的每一条流水，在山峰的鼓励下
它们浩荡向前，向臣服的命运
表达谦意。我每夜梦想
枕着涛声，向橘子和花香
传递美意。在我默默不语时
浪花和花园打开了一天的命运

（鱼在歌声中活跃，向水底的草甸
致敬，怀想星光会掉落下来
化作岩石和坚硬的思想
复生的愿望变得急切，像受孕的人
又爱上了另一个早晨）

我叩问每一条小溪的来路
在它们在奔流间消失时，我也化作了一颗水珠
谁能看到此刻的博大，谁的眸子中
会转动水晶的珠轮

我的奋斗，晶莹得如同
这水底的一座山峰，被巨大的阳光照耀
又隐于大鱼的腹中。三千里，或者更为广大
谁容得下这高耸，这透明的镜像里
巨大板块的移动

城镇和乡村，迟早会认识这广大的流水
我因而上升，在云旗的挥动下
纵身入水，像一颗庞大的雷声，没于深谷
而你等待着闪电

2

我问天，天告诉我你经历的地方
在繁复的星像中，我要所有的闪耀
而不是孤独的灯盏
龙和马，发生的意愿和你的乌云
都满布于创世者的目眶中

我要飞翔，而你不同意
只给予楚国的大地，给予国门之上的
霜花和深宫里的礼器
我觉醒，又在司命之神的警告中
仰望云朵和高峰

谁的子孙将埋伏在离乱中
谁的香草歌颂着明月，谁的鳞片
化作了星辰，谁的生命之霞
被火焰之神运走，谁的哭泣
抵达了山河的高度，谁的喉咙底里的
鲜血养育了人民的意义

谁让我高升，巡游于云河之外
谁让我低徊，找到了大地之春
谁击打我，在我身体里抽出骨头
谁的云车，载走了我的亲人
而把阴影遗留在河流中

谁是我的父亲，给我命名
谁是我的母亲，让我走遍你的领地
谁在我屈服时，给我初生的快感
谁的语言之盾，锤炼着我的长剑
谁是我的恩人，而你在远方
谁是我的证人，而你钟情了雪地
谁是我的陌生，他们种下了玫瑰的刺
谁是我的云朵，他们在一个共同的方向中失声

美和自然的崛起，难道还要叩问
你赠予了江水，那么顺便赠予披发的渔翁

3

在月亮中闪烁的是世界的殿阁
在清风中穿梭的是沸腾的血肉
湘夫人，九天的星河已经倒流
我走在迷茫中，等待你的竹子
穿过鸟的团队

那过去的，就像王的唾弃
而你行进在山野的碧玉
那到来的，就像月光的眼睛
而你在舞蹈季节与水
那通过我的呐喊到达的潮声
舔住了你的裙裙，使沉重占据了轻灵的衣钵

我不要他们的过失，从鞭子的丛林里
抽打我、压迫我、指证我
我只有你的宽慰，从黑夜的中心
抵达高昂的露珠，从水颤抖的地方
抵达正义、公平和完美

你没有像我的城池，面临着坍塌
也没有像我的爱人，面临着离别
心已经隐藏到时间停止的时候
你是默契，你是永恒，你是沙漏启动时的回避

你要抽出最后的力气，为了最后丰满的造像
你要保留一个词，为了让更多的允可
成为自由的佐证
你是身体的存在，魂魄的丛林
你要原谅水，原谅我的果断

4

我的战士，敌人已经登上城楼
我的战士，故乡已经换了人事
我的战士，戈的日子在一枕黄粱上闪耀
我的战士，秘密的价值已经消融于酒宴中

王啊，请披上袍袖，展示伟大的照耀
在黑暗未曾抵达时，露出洁白的牙齿
山后边有神灵在哭泣，山后边一千个夸父
在伤心、在彷徨、在向黎明发出祈祷

长叹息我是一个过客
在白玉的殿堂，留下一个侧影
民生的博大，正在渐渐转为微小
如长河终于到了干涸的时候

我的战士，秋霜布满你的战甲
你也要在落寞中失去自己

在北方，我未曾预备一场抵挡
也未曾用笔，写下生和死的约定

我的战士，渔夫沉醉在酒壶中，
寻找自己的太阳，寻找复活的早晨
在渔网里吞逝舟楫，他已隐藏了自己
唯有北望的目光，久候着一场奇遇

我有沉重的背囊，有跟随的秋风
等待卸去殇逝的重量
我有一只国家的酒碗，有一个
国家的心脏跳动着菊花

我的战士，请等候我
你要相信明月，相信望乡者的力气和伤痕

5

给我堤岸，我将纵身入水
给我激流，我将随鱼而逝
给我清风，我将留下干净的衣衫
给我香草，我将紧闭我的嘴唇

给我广大的祖国，我将喜悦她沸腾的浪花
给我开放的症候，我将卸去内心的盔甲
给我一场谈话，我将说出最后一个词

给我最后的安慰，有什么能比酒
更能感激你的收留

汨罗江，我的巨大的身躯
可以在春天或者秋天望到山峰上的旗帜
扁舟就在前方，而我舍弃了这飘拂
舍弃了黄昏时的渔歌
在你在歌声中，选择漂流，如同这初夏的潮水
在泛滥、在痛哭、在白昼咒骂自己的亲人

而我的魂在你的天国中
化而为鸟，化而为鱼，化而为虎
你看这奔腾和飞翔，撞击和突破
都包含在你的血液，像未来被赋予了旭日

哦，我的追赶者，我灵魂的击打者
请珍惜我血液的长河，请在食物的歌唱里
记住橘树、兰花和白芷

你也要在泪水中祈祷黑夜
让星辰把沉浮的历史带走
至于境界，至于爱
都是你的歌唱，你的皈依

6

那到来的，你已经是一座城
像一朵芙蓉，像盛开的立体
我的魂魄夜夜归来
在水边，仰望崛起的建筑
与灯光下的大路相互联结
你在成长，已经与广大的山河在一起
成为时代，成为升起的朝阳

那到来的，你的端午追寻着我
在众多的龙舟上
腾跃的子孙在怀念、在前进
所谓我们的悠久
都在波浪间成为一条条宽阔的道路

那到来的，手机和电脑
高速公路和四方的来人
都在寻找我的过去
寻找我梦中划动的手臂

那到来的，请你继续留住我
请在典籍的丰满处
继续写下风声、雨水和高空中的彩虹

2019 年 9 月 5 日

我写过星光下的名字

我写过星光下的名字，与你的蔚蓝一样
伸展到黎明的曙光中，等待鸟的信息
从天空吹向大地，从自豪的词
吹向失落的句子。我的充满愧意的认知
在任何人面前不值一提，唯有你
给我高过飞翔的起航。当我的沉默
像一个凝固的黑夜被放入箱子
那么你的沉默就会像新的祈祷通向了
春风的道路。我要登到祖国的肩膀上
作一次眺望，只有你同意
并在我的纸片上描绘春光与海洋
充满自信的叙述让我们避开了众人的干扰
而不忌讳人声的压抑。我们就此
将会成为锚的知己，在信风的节奏中
要么固定自己，要么让一切身体乘风远扬
黑夜啊，请接受我们的敬意
请接受每一个白天中的一个闪光的友谊

2019 年 1 月 19 日

雨中上河

悠久的石头穿村而过
一直达于人们的遥望
建筑伸展如云中的雁翅
停留在处士的隐逸中
我们的精华的收藏
似有一部著作的体量
在一群人精深的词语里
有一个不倦的法度

雨中，青山隐隐升起白烟
把历史的掌故兼容并蓄
如有秋虫在鸣叫一片落叶
透过上河道德的白墙
登上岩石的人家
会接纳所有的秋水
它润泽的页面
写满蝌蚪与金子

而诗篇在群山的呼应中
突然唱响

如同浇灌的雨

时刻吟诵着天空的奔马

2019 年 1 月 14 日

注：上河：浙江浦江县上河自然村，系中国诗歌学会命名
的诗人小镇。

奉贤笔记

你幽居的楼阁能听到时常的涛声
海中的仙鱼从你的眉峰飞过
至于平原，至于丰美的稼禾
抵达你的笔记，和怀抱的青青佳木

你翻开先人遗留的陈迹，从他们的演讲中
发现一座城池的含蓄。长袖阔带的天空
飘过素色的栀子花，洁爽的心沉醉着
不停地漂流，成为人们臆想中的源头

花园中朝来爽气，晨读的人
惊飞了清醒的青鸟，一段史书的传说
在深沉处，忽然亮起星斗的语言
与众多的唇吻相契合，远赴一泓碧波中

莲子正在膨胀你记忆中的芳香岁月
远达知心的岛屿。一些开放的心事
连着个人地理的一个指向。胸怀苍茫的人
每天都举着月光下相拥的莲花

他们遥望，看见古代的圣哲
在现代的村落款款行走，与日益精进的思念
如此合拍，甚而在桃园
他们也能感动童稚的翻唱和吟咏

你的家园繁盛，绽着三春的芳讯
如能驾着云车淌过四季
那么一座叫奉贤的城市，必然体谅着
时光的记录，与你现今的道德相类似

2018 年 5 月 1 日

他们已忽视了这条街的孤独

我只有这条小街
还有它身旁的树
才能回避梦的浪漫
树下停止的车辆等着它幸福的爱人
而鸟在头顶徘徊
仿佛去年的音讯
被同伴收藏
它寻找的是窗户的目光
与初生的愿望相似

立春刚过
我看到的步子已经
越过另一条弄堂
人们在一个方向上
度过了下午

我发现他们
已忽视了这条街的孤独
包括那些离去者
所牵挂的伤口

2019 年 2 月 3 日

门的钥匙

好在你已不在乎人们的失落
他们对你的认知已进入
浪漫的道路
风吹去了夜的屏障
你的经历
预支了过去

要放弃是这么容易的一件事
只要与痛苦在一起
你就能找到
门的钥匙

2019 年 2 月 7 日

目盲症

清洁的道路，适合于每一场旅行
奔驰需要一段照耀，小小的
适合于记忆的灯柱与夜的光圈
合奏着，抵达者唱响颂歌

黑暗不能被打开，谁在盒子里
默写单词。句子联结头顶的星空
他愿意倒在自己的单薄里
细数眼前失踪的风声

在前方，有什么样的牵挂在闪烁
故园安装在夹子上，是否需要
翻动的手去看见

2018 年 3 月 11 日

苍鹭

我看见天地的孤独，在黄色
奔流的雄壮中，我看见一群苍鹭
在云背之上，寻找憩居的圣地
它们望见的春风盘旋于海的依偎里
从开始，当它们清洗了自己的眸子
就可以找到丛林中的泥土，那被水
抚慰的岁月等待着，仿佛每一次涌动
就会打翻洁净的堤岸，它们的拍击之声
得到了潮水的响应，一队起伏的芦苇
也会在荡漾中跃起翅膀，一直要把它们
在云中的预言矗立到整片的湿润中
而它们捕食的姿态，多么像云中的隐士
呈现若干幽寂之相，直到把整片流水
收藏到确证的物候之间。就这样
可以等过你的一生，等过群鸟的列车
驶过母性的河流，就这样
天空就会在大地上安居，它们的家园
在足趾上舒缓、明净，一阵辽阔的召唤
在它们身边，展开吉祥的鸣叫

2019 年 10 月 11 日

和解

一个人的密室，占据者
最后的安居。你已放下
昨天的绳索，在它的鸣响处
挂着叶片似的铜铃

你已经听见，黯淡的倾诉
得到演化，没有人到达
你指定的地点。受到暗示的夜
汹涌着，像你掀起的波涛
漫过世象的骨头

你要垂下那可以抓住的事物
让和解在一片箴语中
成为结果。你的深入像一个对偶
由旁人的宽慰主宰着它

2019 年 3 月 17 日

真实感

樱花开在小区，人们走过的
街道上，关于雨
有了粉红的色彩，一个人的行进
可以伴随它

每年都这样，当樱之火
燃烧在头顶，吸引骄傲的雀
它的灯笼照遍整个白天
似眼底里的一个无私

我想起，今年的雷声有些晚
谐调的遗忘存在于每个人
存在于他们对阳光宽慰的期待

哦，人流，为什么还没有到来
难道这样的雨，要反复冷漠
唯一不被欢迎的词

2019 年 5 月 30 日

这一夜的漫长

这一夜，什么都在发生
披在肩上的夜色，仿佛
是一个知情者，对碰触到的
惊奇表达哀伤

这一夜，每一个死去的人
都会醒来，一个动感的词性
会挂在你的徘徊处

这一夜，懂得自我取暖的人
燃起了隔夜的火，谁的崇拜
终于解决了真正的无眠

夜色漫长，金属的星星
高挂起来，那是我的一个看见
为了一场不会到来的雨

2019 年 1 月 9 日

甜美

满地的夕阳，是甜美
我看见归来的人群
正发动他们最后的马力
把自己驶入一地绿荫

每一个相逢的人
都在微笑，也许在他们白昼的
收获中，有一块胎记的遭遇

我相信，他们找到了自信
夜光灯偶尔的闪烁，表明
他们还有前方，如贪食的羊
即将获得草

我的人间不过是一个瞬间
他们与我有一米的距离，然后远离
只投下一个身影

我要与谁取得一个拥抱，这逐渐
成熟的身体，冒着气泡
像他们吹响的一串抒情

2019 年 4 月 14 日

我要看到的麦子

岁月依偎着。冬季和春季
两只不同的手牵着不同的人群
他们从你的不同的墙情上走过
垄上正传来天籁之音

哦，是麦子即将分配今年的成色
在某些成熟的寄托中
它刚抽蕊出一座田园
和鸣着鸟群啄食之声

歌咏布谷的诗意，从你的紧闭的段落里
忽然亮出一片蓝天。未来得及
弯腰的人们，张开着羞怯的喉咙
将泥土上的云彩朗诵一遍

我真的能赶上最初的盛宴吗
当青色的麦子抽打着我
我要看到你的大厅，像月光一样旋转

2019 年 4 月 30 日

疾驶的列车换上了新衣

它是新的，我敢保证
它刺穿风幕的利刃浸润了盐
和雪花。天使回到了居室
像它回到了奔驶

我要长久地注视它惊奔的表情
才能换来一大片原野。钢的耸动
被刹那的夜固定下来，进入睡眠中的
草皮，投射在它的影子上

疾驶的列车换了新衣，与我
不可调和的相貌背离着
我日益苍老，而它日益年轻

它能不能穿上更多新的衣服
就像马能不能拥有更多的草原
骑手更显青春的模样，载着我
一个望乡者的原貌

2019 年 8 月 23 日

像浅过镜面的灰尘

像浅过镜面的灰尘，像浅过
你一张一掠而逝的脸，像你的白发
拂起暴风，在整个退缩的世纪中
晃过尘世

你的眼睛难道可以比拟成珍珠
那么你看到的灵动之物都有珍贵的象征
它们要每天漾起飘动的手掌
抓住你鼻间的一股信风

靠近些，你为什么要远离
为什么把自己的遗像出卖给贩售者
在他们清晰的思维里，活跃成
一个世俗主义者

像你的浅显征服了旁人的执着
像镜面掩去了微绽的光
像短暂，像永远
像一个绝望的称呼等待复活

2019 年 9 月 19 日

甚至你已不能取得别人的原谅

哦，个人的，渐渐的独眠
与黄昏启开的高级的认知
一同打响一面镜子
我要向那些随时低下的眼帘致敬
感谢他们在遗忘到来之时
珍藏欲的墙，和不断上升的事物
仿佛一切在一个预定的空间前进
人们并不能带走口袋中的糖果
甚至你已不能取得别人的原谅
因为甜蜜无法与别人分享

2019 年 2 月 12 日

只有一棵树丰满着骨头

低处的镜子，望见了上方的清澈
信念经我在流水中梦见了豹子
那赤裸的，带着圣洁的称呼
生动着，飞奔起一阵狂风

临水，我日日欣赏的慰藉之语
脱口而出。经过手的遮拦
它把幸福的收获一一铺排
如目光承接了雨水

我的去年，难道就这样流逝
狂野的不带着杂质的涌动
冲击着寂静的堤岸。我听到的回声
高于今年一场春风的响动

身后有多少面孔试图定格成雕像
我与他们默然不应。在镜中
只有一棵树丰满着骨头
它青翠的默契，像不断壮大的引诱

2019 年 2 月 11 日

表现

针的表现主义服从于马群
在草原上，它舒服的表情
经历了马蹄对心脏的鼓动
草的使命被合理地安排
在远方，一个山坡上
成群的云正在被穿越的风安抚
针的未来扑向了泥土与石头
在雨的锋芒得到回避的时候
大地的翻滚退回到一个暗的箱子
在里边，人将释放自己的灵魂
从残存的光中取出骨头
歌吟、撞击、与血融为一体

2019 年 11 月 23 日

分离

离别是可以预期的
那是我们的创造，是太阳底下
盛宴的一个结局，超过了骆驼
对沙漠的指引，而迈向了
风景的最终解散

如果我们怀念了这座城市
那么最柔软的一块
必将被隐藏在屋子中间
经历自己的世纪，从窗帘的拂动中
有人会看见对话者举着
苹果、风度和盐

如倾诉已经完成
只有伤口需要在田园中观望

2019 年 11 月 2 日

阳光之家

有一些事情需要表达
需要从朴素的证据中发现高尚的存在
他们回到了解释者的中心
在悠久的历史还没有中断时
解释了良心与道德的首选之果
甜美而单纯的风度
占据了一座城的旷野
简单的中心的位置
还有一群马的安居
他们要回到阳光之家
在新生的可能要被书写的器皿上
画上方块或者圆圈
那么，孤独者的生活里
有一个及时的风气会得到传扬

2019 年 6 月 5 日

我的赞美

我不会比你们有更多的智性
更多的获得，和泥土上花朵的摇曳
我只是深入至一堆故纸堆中
从复杂的事件里发现简单
以美的价值重新考量悠久的习题
石头和美丽的玫瑰，提供了
所有的答案，在一场气候的回暖中
我甚至发现了刀剑已经回到了
人们耕作的土地。暂时的挫折
往往带来雷声和闪电的警示
坐在屋檐下的人，能否脱去
头顶麦秸的帽子，等待风的方向
把它吹向原野上的一株植物
我的体谅无限广大，即使血的暴烈
被跃上了河流的位置，也不能
使我的大地之衣颤抖
在它的肩膀上，我看到红色
或者蓝色的蝴蝶交错着
到达人们睡眠的终点
在那里，城市的骨骼在生长
在长久升温的风气中

关心月季和小女孩
更加空阔的心灵可以承载
抒情的不可能，我对着她们欢快的步子
研究水是怎样从冰的事物中
发觉冬天的桎梏被春天
慢慢地解救。人遭受误解的昨日
即将在林子的中央被一朵矢车菊赦免
一群抵达者的盘算，通向了家园的道路
我像一个年老的宣言者，像通过
复杂道路的一个幸运者
在黄色的叶片上，找到花园的版图

2020 年 3 月 2 日

论据

我停下车子，把它倒入车库
想要说出一个到达的理由

我认识到的人们
已经提前安坐在电脑的屏幕上
在观望女人的夜晚

我把手放到了门把上
感觉自己已经被夜的能量所复制

我有一个经久的秘密
在一座园林的中心
讲述我安坐并且思考的论据

2020 年 1 月 3 日

在重阳

人们登高，仰望云朵与山河的高耸
或者，一个代替的名词
正在发酵，他们可以看到
更高的星空，和星空下
一群安坐的谈论者

在重阳，每一个孩子都有一个名字
他们叫醒了花园中的夕阳
把手伸展成叶片，代表一棵
庞大的树，矗起
回应者的善良

我们宽恕了老虎的凶猛
与黑蜘蛛的最后的秋天
达成谅解，在线性的思维中
看到芳香的食物
和黄色的大地

在重阳，河流也将更加宽阔
巨大的宇宙在年轮的得意中
流淌、吟咏、观摩一朵菊花
获得婴儿般的睡眠

2018 年 9 月 15 日

在此地

在此地，我留下一个脚印
形式上的一个标记
它与雨水无关，与混凝土的坚固无关
只是让夜晚深陷一些
像一种功夫终于被自己验证

在此地，平安的人
有了历险，有了观察的体征
人，总有安下从一个时点
迈向另一个时点的深刻
人，总是看着别人
把自己损失的部分
安装入他们身体的机器

在此地，我不想遇到熟识者
我有无限的陌生
等待被自己忘却
风像一个孩子，抓住我
又抓住了我身旁的过路人

2019 年 6 月 3 日

目光之上

在目光之上，你有几个家园
可以得到安居。城的布告
已经确定，在你的视线里
有一块祖母绿的宝石
你的桌布上，铺满了
水仙和肉质植物的问询
在下一顿午餐确定时
它们成了精神的高度
高处的沙发，云中的玫瑰
人的相互认可的忠诚
都在星系的光芒中

目光之上，你已服从了
思想的水晶，它像一根闪烁的棍子
击打你，在你的皮肤上
洒上雨水。他们已经相爱
而你无辜地认为
你的屋顶上，应该有一架飞机
载着整个大地的绿荫

2020 年 3 月 3 日

夜过锦溪

其实我已遗忘关于江南的追溯
我的风只对风开放，失去了物候的佐证
譬如锦溪，我只是想快速地通过
不在她的碧波上留下倒影

但他们已经留下，带着出生时的证明
把名字刻在石头上。在她的生存中
发现雨季之后的坚持，抑或诗书里的文字
让人面颊清朗，感到了居住的湿润
和华章里精美的颂辞

我要飞一样地经过锦溪，在生存的历法上
留下一把刀子，让它切入短暂的时间
在空白的页面上留下诗篇，让风听从秘法的魅力
吹向殷实的居住地，而对我的消失不闻不问

如果她的钟声追着我，我将把她
赠予众人，赠予悠远的歌唱和思想的马
这样我就会看见，锦溪如一盏灯
在我的夜的路程上，一闪如银

2018 年 4 月 3 日

美容学

时间的计时器校正着陌生人的脸庞
在他们的经历中，美已经是发生的事物
经历了计算、锤炼和修饰的态度
对于过去，那明亮基座上的阴影
他们选择回避和静默
在不断到来的提携中，光的河流
将驶过身体，与柳树产生呼应
人都在寻找自己的过失
匡正成长道路上的不确定性
在收获来临时，美的容颜将产生
正确的定律将生成赞美的仪式
风光的造就者，行走在春风中
给予人群突然苏醒的可能
给予史籍一份丰厚的礼物

2020 年 6 月 6 日

数学

单行数字的排列，可以强过力士的索引
在巨大的单行道上滚过肥硕的轮胎

公式是老套的妇人，她们的教育
显露着制度的体征，严肃而有规矩

微积分是颠倒的爱人，她可以计算出
逆向的石榴树，在春风中放盐

偶数与奇数并列，像两个互相引诱的人
盘算着对方的力量和财富，包括稀有的节日

立体几何是魔法的存在，是城市复生的规范
你想就此抗拒，但生活不答应

你是数学，奇妙的风华之旅
偶然的存在，偶然的人生之箭

2020 年 6 月 16 日

黑色

我看不到开始，也看不到结局
你是黑色，植物也是黑色
在我倔强的思维中穿过一个夜

你是石头被披上了窗帘
是窗帘被披上了薄雾
是薄雾遇到了目盲的人

我看不到我的经历，那微小的存在
不足以描摹一切渺小，一切自然的风气

而我越过，而我像一架失去机翼的直升机
在降落，在美的错失中牵挂广场

2020 年 6 月 17 日

伤心课

没有教师，画也沾满了油污
苹果在伤心，失去了火车的伴侣
而驾驶者还在道路上
怀想教室，做一个诚实的人

没有目的，没有文化的面目
流水在伤心，乘着炊烟的尾翼
去告别故乡，做一个淡漠的人
在别人的酒碗里放入大海

没有城市，没有乡村的呼喊
我在伤心，像森林里的白象
有一个巨大的胃口，但没有
一场春雪会包围我，也没有别人失踪的马
在眼前伪装成魔鬼

2020 年 5 月 11 日

通过古代的桥

唐人和宋人，或者更早一些
古诗里的人，左传里的人
请你们给我一座桥，从白天的皱纹中
企及真理，舍弃流水之上的高度
我们的帝王和才子，佳人和类人猿
都在这座桥上写诗，观赏风景
当我因劳累而倒在栏杆上
我要看到白玉和清洁的筷子
因此，你们的怜惜不会发生
对古老事物的追寻，使我的康复
成为可能。我要躲在一枚王冠的背后
温习古老的箴语，在奇怪的事情发生前
说出单词的音节，在你们的叙述中
加上复合的代词。在通往古代的桥上
人间即将转换，黑夜之魅
将会我们送来纯金的物种

2019 年 11 月 18 日

是什么

是什么？让你发现隐藏的自己
如一张纸片，铺满文字
在桌子上放光，迎接秋天的到来

是什么？词的加速器
在反证离别的人，有一个过去
而过去生长在人群的注视中

是什么？死去的事物
在一个冬天复活，忧伤的定律
如旋转的风之重量

是什么？你已经来到世界的边缘
疼痛的迟缓，让你深入到
一部机器的构造中

是什么？金子还是命运
你的逻辑学的神秘爱人

2020 年 7 月 28 日

寂寞之岛

没有桅杆的降临，云朵也是
一成不变，在上方像一种注视
让水的动荡显得活跃，充满辩证
只有风在石头上打磨
转过一个世纪的亮光，又在一个
新的世纪呜咽。亲人们站在
星星升起的地方，在远方架起
思维的灶台。唯一的火
从白天燃烧到另一个白天
把一切化为灰烬。如同蝴蝶的牵挂
总有一双翅膀的启示
年轻的力量还在升起太阳
在万籁俱寂的时候，寂寞之岛
就会接受照耀着的人间之舞

2020 年 5 月 18 日

白色

云中的磨盘中掉下白色的粉粒
雪的家园，秋色已经被忘记

那海洋的泪滴来自古老的世纪
与故乡的染色体一样纯洁

思乡症患者正在躲避黎明和鸡鸣
在城市的心跳中搬运盐粒

白色的生活的隐喻
从一根弹簧的底部跃起翅膀

白色的果树，白色的火
而虚无已经被箴言实现

2020 年 8 月 8 日

夜的庭院

有一颗星即将落下来
降落到剑兰之中
疼痛，马上就要产生
没有人知道
一个人到来
就会捡拾碎片和伤痕

飞舞的叶子
就像庭院的眼睛
她从一个地方
看到另一个地方的宁静

夜会运来一艘船
在这个庭院
你要相信
涌起来的潮水

你要就此远航
发现纸片上的字
变成了钉子

2019 年 10 月 26 日

153

河对岸的建筑

它在闪光，很多的光
像金属的奶嘴被经过者吮吸
而乐此不疲，不重复白天的词性
幸福其实就像这条河流
拥有着这幢高大的建筑的倒影
拥有着它的窗口和寄居的小美人
她们像鱼，具备良好的线条
从人们的目光中游过，代表一个时代的某种风尚
还有一些铁，在建筑的内部
不被别人看见，也不被猎奇者看好
但它存在，像我的骨头，我走过人群时的沉默
在河的这边，我经常仰望这幢建筑
仿佛一个地域的光辉能让我闪耀
又仿佛一个绝望的个体正在脱离围困

2019 年 4 月 7 日

在河边的凳子上

在河边的凳子上，香樟、草坪和我
水流、镜子和我，房子、人群和我
都在静止，都在纷纷地抛弃占有
唯独以拥有的心态观赏或者沉默
我相信一群鸭子也在向往这里的情景
因为清澈的水波在等待它们的唤鸣
在河边的凳子上，我感到
人是这样简单的生物，他只需要
安定地居住下来，然后静静地
观赏鸭子的泳姿，作一个时光的片段

2019 年 4 月 9 日

岸

在纯洁的水边，岸的身体
在曲折，向着更多的绿水
铺洒着倒影。记忆的计时器
在娓娓地讲述花与石头，浅薄与自尊
历史的痕迹通常不为人所注意
却无碍樟树的挺拔，与人影的混杂
交织在一起，牵动鱼的触须
在下午的阳光中，草漂在水面上
回望着那些山峦一样的存在
它们自信的高度，与动词般的不确定性
在河流的宽容中不断地向前行驶
我、道路与意义，到底哪一个才是到达者
谁的岸，给了深刻，给了大水的密约

2019 年 10 月 11 日

尺

直线的追问，孕育于精美的建筑中
像汽车从一个方位被赶到另一个方位
而从不失去方向，而从不失去异性的同伴
城市惊人地成长，也无法满足
一个人对道路的需要，对坚果的品尝
让人群折服于距离之美
如同这尺，从你的背包里
又来到了整洁的桌面上，给你的画
画上了一条线条，这突兀的价值
不亚于雨对于伞，午餐对于一次会议

你要记得走在前面的到达者
他们的记性，一定是一个诚实的许诺

2019 年 4 月 19 日

当你走到我的心上

在午夜，人迹已从窗帘外消失
黑色的猫也不再弄出响动
似乎一切都已噤声，唯有你
从椅子上站起，从渴望的呼吸中站起
走到我的心上

朴实的装束，无所描摹的表情
用笔装饰的原谅，都被你抵达
城市倾斜，如风飞过草地
乡村也在急速地后退，像在晨雾中
锻炼一群早起的鸭子

你走到我的心上，如果有一场大雪
必然有足够的震惊
我无法写出现实的寒冷，记忆生锈
道路也通向了不知名的去处

唯有温暖，你的呼吸
正从人群中吹来紫色的气息

2019 年 11 月 8 日

从沸腾的血液里驶过的船

从沸腾的血液里驶过的船
从苍茫的离别中驶过的流水
从头颅的水晶、骨头的衣服中
升起的晨光，正奔向金属的居所

从力量的来源中收集的雨水
从陌生的击打中取得的经验
从山上的清风、水中的宝石中
孕育的珍宝，正膨胀着新鲜的热度

从沸腾的血液里驶过的船
从万物的怀抱中滚过的石头
从生到死，从白发到坟墓
都有一个过去，都有人字的勋章

2019 年 12 月 2 日

历史学

物质的定义从远古的战争中启发了人类
光与城池的粒子，经常的歌咏
在晨曦的昏魅中挽救真理
谁贴紧了大地的心脏，聆听战斗的蹄音
从低沉走向高亢，到达了思考者的家园
在他那里，果实还没有成熟
人的骨骼尚在生长中，与初生的情况相似
有一些必要的逻辑需要理清，譬如
生的亢奋与死后的声名，力气的辞章与战争的硝烟
在此在的春光中，掀起接纳或者诅咒的风潮
共和国在一曲颂歌中迎来了朝阳
在金属的闪耀中畅想绿色的叶子
在世界的角落，收获马蹄与羊群
生存的律法因此而高昂，抚慰了每一部戏剧
人类在跌倒后重生，在大火之后遇见了水流
说话的群体得到认可，词和兴亡
被记录者标注上了符号。那么，祖国的荣誉
将在一个夜晚重生，它是艺术、美好和深沉的谣曲
人类抵达的我们将一起抵达，人类看到的光明
将是我们的命运，从顺从到理解

2020 年 6 月 27 日

我要晴天再次飘来云朵

我是低处的存在，与植物的暗夜
产生着同谋。我说出了理解、原谅、复杂的背景
并且从别人的可怜中找出了真理
我要晴天再次飘来云朵
架一部全能的战车，游弋在别人看不到的领地
那么忧伤是我的，包括树木和大地
那么狂暴的火焰是我的，包括立场的完美
包括生活在美丽的消亡中所呈现的真实

你一定要扶着我的身体，扶着我即将
圆满的果子，在芳香里寻找到蜜蜂的翅膀

2020 年 3 月 29 日

春日帖

那随着油菜花开放的物质性，在目光中
可以转动一个轮轴。春天像一部机器
在嗡嗡地转动。我脱离了城市的怀抱
热爱了乡村，在我的建筑里
我的想象有无限的自在之意
我想起少年，已经有了孤独象征的群体
在风色的石头中穿行，我看见
人群的匆忙被一场雨收走
而抵达了向往的命运。年岁的成熟
是微不足道的，我们总是能在一个春天的傍晚
回去，回到桥与星斗，墨水与年历
任何诚实的应答都有一个灵魂的启发
我们是地域的群体，在长时间的等待中
生长出白发，然后青春就会在沉重中到来
与去年的压力相一致。我们将走到无人呼应的边缘
在那里，我们继续生长身体
还给世界一个羞涩的表情，然后让风的速度快捷地转动

                                    2020 年 3 月 28 日

勇猛的石头

对于一块勇猛的石头，我只能选择坚定
选择在它的困难面前，保留自尊的品格
我想起了年月的古老，和沉思者的素养
想起彗星到来时，有人唱起了神秘的歌谣
因此，石头的光芒会来得直接
从地底开始，生发出光荣的特征
它可以是奔腾的群体，从岩浆中
奔驶到舞台上，奔驶到人类的戏剧中
保持忠诚的体格，让语言有了完美的标的
如此，精神的道路可以不断地蔽开
人们有了迎接坚硬的勇气，有了在陷落时
藐视一切的快乐。人是能够阻挡自己的
在石头面前，搬运者被赋予了强壮的力量
要么奔跑能让人回到自己的严肃，要么在低下头颅的时候
方向感的缺失，让黑暗来到更为直接
石头还在勇猛向前，它引领着我们
从一个喜讯的坚持中取道悲伤的命运

2019 年 8 月 10 日

街心花园

美女，请你继续在花丛的道路上前行
像一个获得朋友的人，喁喁私语
美女，请不要回头，不要在失去的人中间
安放桌子，禁止一切秘密的接触
美女，在这个街心公园
什么人都是成长着的孩子，你保重你的身体
保重那流水经过时所呈现的倒影
美女，春天说来就来，你的头发上将缀上蝴蝶
同时要准备夏天的到来，在蝉的歌鸣中
准备稻子和霜——那渐渐光临的时光
身前的风将属于身后的人，美女
你要忘记一切饕餮者的晚宴

2019 年 8 月 27 日

现代化

我只能抓住窗外的一朵白云
白云之上，有更多的白云
仿佛雪来自故乡，与现代化的结果
相互呼应。我站在窗帘后面
需要更多的拥有来护卫我
我想起黑色的车子已经陈旧
它像鱼一样穿梭在花朵中的情形
总是让我有许多超脱感
樟树与梧桐，和谐地站在
道路的两边，它们热爱的翅膀
正从远处的单词上降落
生发成音乐、酒与简单的梦境
现在，窗前还有可以期待的夜晚
在星光来临前，我还要想到
人们的爱情在花园的检验中
到来的，我们未必在意
在复杂的相遇酝酿之前，我们要
收拾好国家的尘物
但在窗前，我们微小而不名一文
没有一块水晶照亮我
让我们像雪豹一样的纯洁
风啊，你已经吹过了原野

2019 年 9 月 12 日

165

在静寂的黄昏

在静寂的黄昏，我躲在房间内
想起一切到达的事物
我有我的面容，黝黑
且充满对他物的平和。在友好
表达之后，其他的人
也获得了幸福，达于突然唱响的颂歌
我们的不幸、对果子的仇恨
都已过去。陌生的人
也不再对别人的词耿耿于怀
台灯亮着，似这个夜晚的珍珠
在寻找自己的蚌壳
如风声经过了我的耳边
我看见窗台上的植物
在微微颤动，带来了无垠的天空
我要默默地老去，不给别人
带来沙子和灰尘。似水一样的时光
总能为我带来平静的深夜
你也一样，面对着镜子后面的图像
取消了色彩、语言和叙述者的执着

2019 年 9 月 21 日

村庄

它应该有一个季节舔住夕阳。湖水跃起
水草暗绿色的指针，颤动，如牛的尾巴
沉浸在既得的方位中
原理的源头，瓦楞的衰草上
躲着一只乌雀，黑色的风
括过茂盛的狗尾草，和压力的木枢
花经过时，有一只狗的影子
通过老式的玻璃，它斑驳
碎花般地漾起水波一样的身体
车辆从蒿草中驶出，鸣响翠绿色的
游戏，一只井的深邃
能容纳它——一个市井的话语系统
人在追赶最后的树木，在花园的中央
草鸡和蜜蜂在咬着词性。灰暗，但充满
雨季未到时的干燥
人力担负的谷物，包容着芽尖
——在黑暗中的一块石头
迟早会跃起、叫响鸟鸣
捅破人们对生活回顾的几层胎衣
楼隐在暮色中，有炊烟
在坚硬的骨节凸起，如坟墓中的人群

所遗留的篇章。哦，活力的
岸，修辞未曾抵达的嘴唇
眼中的飞蚊症，像存在的
一根绳索，像夕阳终于
坠入湖水中

宇宙的秘密，被反复打量的
一块黑板，蚂蚁一样的字
风度的背叛者，通过
岸边的柳树，来表达宿命的定义
奔向午夜的钟声。弹跳或安卧
日历的修炼术，在力量的鼓声响起时
献上陈旧的祭祀。物质
悄悄地演变，达于祈祷
隐藏在星光后面，追寻夙夜的耐心
魔法被赋予了命运，从鱼的肚腹
到水草的早晨，都有神秘的术语
在响起。如死亡突然失去了
驱赶者的鞭子。迹像与美的差异
纷纷在道路上竖起灯盏
在绸缎许可一个跪伏者的顽强
那柔软的课堂便打开了窗户。阴暗
仓皇而逃，在水中埋葬自己的身影

锤子与钉子，心脏安放的处所
在楼上抖开的陈年病症

都已认可，获得了黎明的原谅
花园离开了最后的赶路者，阴影
在太阳的热力中像一把斧子
而启开曙光的雁群，从幕布的中央
快速地划向正确的场景中

2020 年 5 月 25 日

南柯记

山已古老，登山者脚力矫健
像一个沉入类比的人，他的胸中
有另一座山。而风扬起
他的失落，想起更高的期待
在年华里鄙视，他便消沉
对着长长的栈道，作内心深处的
挣扎。眼看鼠类在面前繁盛
他想起了明日的清洁和温暖

这是一个梦境，无所抵达的
一次征途。他加快刚才的收获
譬如，酒与午餐、牛排与年龄
一切可以入心的事物苍翠而丰润
自满的情绪在沸发，指认眼前的
华美的建筑，那容纳个体的
一道封锁线，由此他自以为是
说出遥远与阻碍

他允许自己的贪婪，对占有的
生物不加鉴别。甚至他对植物的落寞
也不加怜惜。在花园的石头旁

他快乐地歌咏，叹息后来者的
包袱，在里面见到的轻与苟且
想象世界被他的词占有，想象落网的人
纷纷地抛出保管的金币，在阳光下
闪耀，刺伤了别有用心的入侵者

而他老了，别人还年轻
如山一样，青春地服下生殖的灵药
竹笋般地挺拔，燕子般地轻盈
在床前，在窗下，在山间的楼阁
他要求他们停下脚步，而嘲讽的情绪
丝毫也没有受到影响。梦像一个
等待收拾的甜瓜，经不起岁月的侵蚀
只在伊人的文字面前吐露陈旧的斑痕

2019 年 10 月 17 日

你的眼神

而你站于边缘，听啼鸟与风声的清晨
掠过纯明的问候，多少个夜晚
像你的牢笼，只有突然而至的词
从唇间吐出，这样才能安慰你
与你祥和的姿态相一致

你望着我，如两颗星星的照耀
闪过了神奇之波。在透明的关切里
羊群平缓了呼吸，鱼也从水草旁
飘然游过。我的饥渴之症
沉入到圆满的方向中

你的眼神——是我的深渊
是我降落的灯盏。在夜里
你要看管好我的一切，包括水蛇的响动
包括正在失去的遗迹

2019 年 3 月 3 日

当世界回到了它的安静

当世界回到了它的安静，当豹子的蹄印
在草丛中突然消失，我看到宽阔的道路上
风尘不扬，所有的树叶向远方伸展
你们感到神奇的，我也在沉思
生是这样的容易满足，当我听到风声
沉入到雄壮的峡谷中，我就能把自己的旋律
从高音调至低音，调至无声，并致于神秘

2019 年 10 月 28 日

阅读

我的城市之臂，从归来时
为我打开书本，为我的山峰垒上文字
我恐惧一切诅咒，并且从不乐意
让一些打击的词从眼前滑过
我的快乐也是这样容易满足
一些美好的句子，能让我沉醉
像叶子在风中颤动
尘土中的美丽，过于早逝的婚礼
都在人们的阅读中，被记录下来
绕过挫折的门槛，与风的方向一致
夜也将到达，在城市的屋顶上
猫群也在安静，服从于阅读者
从人性的伤痕中找到康复的秘方
若有青春走过，若有你成为芳香的名词
那么，必有一个蓝色的启迪
追赶着黎明，到达新的著作

2019 年 6 月 19 日

羊肉面

一个夜晚之后，城市的羊肉面
突然多了起来，好像江南的身躯上
奔来了草原和羊群，它们从温婉的事物上
来到春天，又从人们的惊叹中
走到下一个地址

在玉龙路上，羊肉面的存在
使整条街都芳香起来
我们不再嫌弃这条路的狭窄
只在人群经过之后，发现他们的蹄印
正奔向北方的草丛

羊在呼唤，与人的呼吸相统一
我们在一碗羊肉面里
读到一个被反复提起的地名

2019 年 4 月 11 日

我渴望每一个人都能
得到自己的爱人

雨落在河里，风吹在头发上
大街上的人多了起来
我渴望每一个都能得到自己的爱人
像鱼回到海洋，像花朵
在原野上奔向花园
像词的阻碍开放了青铜的大门
而你们在离去，果子般的芳香
正在被一丛月季花带走
人在自己的睡眠中，忘记了石头

2019 年 12 月 9 日

春风

寻找者目光柔和，春水中
有一些歌颂，来到园林

楼上的人吹向了笛声，像花骨朵
被缀上了无价的宝石，保持着内在的镇定

奇怪的商铺传来了少女的声音
怀抱春蚕的人遇到了花枝的奇迹

人的海洋包围了城市，人渴望的春风
从事物的内部开放着思想的檀木

2020 年 3 月 25 日

倒影

棋子走到了界外，够着了水
像舟子载着人，而俯视长时间
纠缠的水草

落魄的鼓号手，没有人发现他们的疲惫
他们敲着玻璃，敲着冰
敲着一扇窗户的回响

回到丛林中，狡猾的人
将去关注河流，猛虎的足迹
将从事件的中心走过

美是可以答应的，风也是
你的皎洁没有人发现

2019 年 10 月 6 日

黄河路

历史被抽走了骨头，小姐姐的身影也不见
你点燃一支烟在游走，也没有发现
一家书房，或许它在另一处的水边
在黄昏的灯光中想念中国

黄河路的年岁与许多人的身高一样
有着不明的背景，他们之所以长高
之所以与陌生人有一个拥抱
必有一个理由，譬如是为了短暂的相聚

与它相邻的道路，从不屈解
它的一个鼓舞，也不会重新评估
反复到来者的价值，譬如黄河
它从一座雪峰上飞过
又从另一座雪峰上发现倒影

理解力到此为止，在黄河路
什么都是可以商量的，什么都是
你的人情，你的中年的一个背影

2019 年 4 月 19 日

空寂

我的脚下是空，时光是空
从对面伸来的手臂是空，若有未来
也是空，是空的圆满

我的成长是空，骨头是空
为了屈解的词性是空，力是空
一切美的，都是空的朋友

我的经过是空，叶子是空
连惨烈的暴风雪也是空
要升起的一朵霞光，也有空的意象

你要认可空的今天，还有寂寞
它是如此呵护着即将消失的冬天

2020 年 10 月 18 日

倾心

那暗的道路，树木也是彩色的
没有人看见它的繁荣，有些观赏
打开又收拢，这些微的痛哭

那暗升了起来，但没有星朵
能够安慰底下的人群，他们已经过了青春
对即将到来的暮年充满感激

那桥的栏杆也升到了空中，连同美丽的人体
带着水的痕迹，在寻找亲密的证据
人世无所谓倾心，无所谓你的建筑飞到了空中

那落下的，还未来临，孤单是这样一个里程碑
在一个人的心中成为霜、成为雪的圣地

2020 年 9 月 24 日

迷雾

它到来时，月亮还没有
坠入到湖水上，晨光也已经抬头
忽然的缘由让一切都猝不及防
像相似的日子，终于通过了
另一条陌生的通道

迷雾弥漫在我走过的街道，把人流
掩饰到他们的今晚，似乎星光
还没有过去，水还在天堂中
闪着宝石的秘密。他们看不到
那些到来的事物，也看不到
人是否需要在复杂的响动中认清对方

我想念在另一条路上，伤心的人
会找到自己的另一个居所
他从夜的门槛边捡拾到了关于道路的秘密
又在这阵大雾中，不断地向前
仿佛听到了前头的鸟鸣

2019 年 11 月 3 日

老火车站

在归家的烈火中，你是金属
在美的序列中，你是纯粹

一块石头正老去，回到了地底的中心
你要见证一场雨的默契

你在向天上走去，圣殿里有华美的衣服
等待你选择，风会给你一个轮子

苍老的人啊，你不必心怀愧疚
你要回到你的纪念，保持世界的平稳

2019 年 5 月 18 日

再次写到这座桥

在我向水中眺望的时候，我再次
写到这座桥，和那些临空而飞的人群
我希望河对岸的灯光，能让桥柱
更加鲜明，让坚固的底座
成为白发者的一次畅想

经历者都有一个晃动的过去，影子般的追随
已经成了想象者的病症，它可以遮挡我
沿着河流流动的方向，启发船和鱼群

2019 年 9 月 23 日

回避

你要选择回避，在夜灯悄悄闪烁时
离开人群，甚至植物
也不能干扰你的眼睛
你获得的已足够的多，包括热爱与失落
光明与诅咒，凡是人们能够预计到的
你都已经历。凡是那些失声痛哭的
你也已经抚慰。你放弃了自己的身体
唯独剩下执着的内心，唯有它的跳动是单纯的
没有意外的伤痕。你深藏的
别人也将珍惜，那些属于炫耀的事物
你也将给予光明。那么，你只要把自己留住
保留词、道路与一段经历，它们将陪伴你
忘记痛苦，在回避发生时
给你蜜糖与胎记

2019 年 10 月 29 日

明亮

你要相信一切闪光的事物
相信阳光、灯盏和手艺人的白天

你要继续获得明亮，代表失踪的人
享受课本、茶和喜欢音乐的美人

你珍惜的已足够的多，你的明亮
已经能够抵达你的堤岸，包括流水的向度

你真实的应答，也将被有心人听见
他们压抑的呼喊之声迟早会焕发出来

你是今天的路标，明天的指路者
你要学会歌颂，学会抒情、描绘与默写自己的身体

2020 年 4 月 8 日

我认为一切到达的都是真的

譬如人群和水塘，譬如月亮和星星
我认为一切到达的都是真的
就在今夜，我认为我并没有受到欺骗
也没有被不相干的人所责问
相反，我已理解了这样的安排
当人们从他们的悠闲中抬起头来
他们一定能看到在大地的尽头
有一座山平静地立着，还有它的天空

凡是你赐予我的，我都将铭记
我认为一切到达的都是真的

2019 年 9 月 21 日

夕阳下的公共汽车

在最后的阳光中，公共汽车
载来了一个乡镇或者一个村庄
载来了不相识的人，他们熟悉你的每一个细节
人世已经微小到你已失去了每一个问候
那些熟知的春光，也成了别人用心的解读
我看到满车的人，在想念自己的亲人
并且满怀敬意，在他们的心中
一个高大的理想就像太阳化作的金币
可以拯救任何的贫穷者

而你没有来临，挤在春天的人群中
又突然展现着自己的奔跑
你是另一辆公共汽车，载着失望、悲悯
对另一个词的理解，在失误发生时留下的记号

2019 年 9 月 30 日

我是否能在明天
忆起那些过去的事物

我的明天难道已经提前到来，我已看到鲜花的
地毯吸引着广阔的人群，在颂扬中
我还是孤身一人，向着并不存在的山丘
眺望，并提出自己的疑问
我是否能在明天忆起那些过去的事物
是否我逐渐繁忙的身体能适应流水与祝福
反之，我在别人的敲打中
成为一个硬质的核桃，成为甜与苦交织的居所
在反向的追溯中认清一场雨水

2019 年 10 月 3 日

腊月二十九夜行

明晚就是除夕，一年中的最后一天
即将在本轮星光过去后来临
今天是腊月二十九，在我安坐了一天之后
我又以夜行的方式，终结了
天空给我的传说。立春之后
人已没有了厌倦，只有深切的自然
在接受一切到达者。我看见路灯
稀疏的人影，和不断柔和的夜色
就感到了疲惫的远去。在深夜远行
我仿佛看到了一个自我在大地上奉献生机
既然我无法安慰那些离去者
他们的命运也表达着欢欣的表情
相似于无辜者的抱负。我走过了一顶桥
又走过了两条大街，成为一个自负的人
而不被人发现，因而嗤笑不会来临
关心我的人大概都流淌在自己的酒杯
在作长时间的旅行。在立春之后的夜色中
我是另一个，是一个熟悉的存在

2018 年 2 月 14 日

回到乡村， 我就成了隐居的事物

与城里一样，回到乡村
我就成了隐居的事物。我看到菜园
在冒着生机，萝卜和香菜绽露着青青的头角
他们与我的花园是如此一致，从不张扬
却隐藏着朴素的真理。我在这里，没有遇到
里尔克和庞德，没有他们的素俭
让我对生活的方向产生着迷。当我说出：
方向是另一个名词，时间将回到一个静止的时刻的时候
我的脚开始远征，从村前走到村后
从单独的音乐到人群的经历，都已经被原谅
只有那些苍老的风声，回荡在隐喻即将到来的阴天
仿佛江南从来没有出现过什么失误，诚实的词
将被家禽的厚道所替代。人可以互相打着招呼
想象着别人的酒碗里放置了怎样的亲情
但目的已经形成，他们相信了自己的决断所拥有的坚定性
田野在向远方不断地奔去，我看见在它更远的前方
红色的房子冒着尖顶，像城市的一次迁徙
而我是通过了所有的道路，而我是一个奇怪的词
被草坪和不知名的树木认识并且赋予意义

2019 年 2 月 28 日

而那些到达的已经成了我们的未来

你可以热爱冬天与芦花，可以在新年的空间
想象大雪的到来。你选择了道路
和步履，与一株香樟并肩
黑色的鸟群安慰着你，从水流上
飞到天空中，又折回到树枝上
菜地上的人在与泥土对话，她的肩膀
顶着碧空。在乡村
那些到达的事物成了我们的未来
成了剪刀下的花枝，和悠远的风之回声

你要成为明天，这样的抱负
谁都会允许你存在。当我们遗忘了高楼和
大街，遗忘了词的敲打
你就会谦逊地与一场雨平和地相处
在人间，只有它平等地抱歉每一个年月

2019 年 2 月 25 日

植物画廊

那些橘子和石头，空气里的滨菊和绿草
穿过了眼睛的某种检阅。一个人静下心来
就会有阳光穿越而来，照着它们的花朵
何处搬来的椅子上坐着老人，在身后投下背影
还有孩子围绕在膝前，像故事的一个情节
在等待果子的成熟。长诗一样的结构
没有挽回人们欢快之后的抒情
最多，在音节找到位置时
发出高歌，诱惑那些远去的蜜蜂

无数的酒的信徒都已醒来，在早到的人中间
他们已经用手指指点最陌生的事物

2019 年 8 月 5 日

流星

已经很久没有见到流星了，但我确定它的存在
崇高的依据存在于暖窠中，万物之灵向往了蓝天

你确定要在飞翔中死去，最终把船赠给大地
城市却平静着，像一个婴孩的睡眠

夜空里有无数金色的钉子，但没有取得最终的完美
你奔向孤独的战队，火花和眼睛铸造了你的灵魂

秋天有无数的谷物，你不幸而沉于泥土中
流水会带来新消息，你最终将被诗篇记起

2020 年 8 月 9 日

锅盖面记

而城市的风物在滚烫的沸水中翻腾
我们的锅盖小而迷你，穿越在
市井的风尘中，像微小的经历一样
总有火与雾的影子。它的存在
不仅是食欲的追逐，更是一种绵远之力

城市的山林笼罩着它的香气
我们在历史中打滚与书写，常能够着
一部志书的筋脉。人们在老式的
得意中倾诉民俗，倾诉作为人的
期待和对疼痛之春的倾诉

尽管我们华发早生，与现实的轮子
比赛着速度和力气，但我们回到
一碗面的赠予中，就会听到
钟声与鸟仍然在翩飞，它们抵达
我们的目光，我们的居所

哦，我们选择的平凡生活
已经到来，似美食的久远

2018 年 4 月 18 日

在女书的境界里，寻找古老的寓言

而神秘莫过于我们越过词的障碍
而遇到了新的叩问
在女书的境界里，我们的笔触
不断地伸向山河，伸向女性秘密的家园
人可以不断地提升自己，而对古老
寓言的寻找一刻也不能停止
我们能够忽视一支笔走过的路程
但不能忽视它的结局是如何地联结着
一个地域的根脉，联结秘密的契合
所带来的另一个人间
虽然山的高耸和水的明丽只有被
书写者所看见，在她们的襟怀中
只有母亲和姐妹才是心中真正的月亮
但传递的欲望又被加上了善良的拒绝
对于另一个性别，她们欲言又止
又果断地拒绝。存在是必然的一种收获
并且时间的锤炼又让这种存在
从山峰间越上猛虎之背

2019 年 5 月 19 日

乡村的早晨

人们已经早起，沿着
宽阔的马路走向街市
在江南，炊烟已消失在记忆中
人们用天然气的燃烧
迎接一个早晨，又在鸟鸣声中
等待早行的人归家
（他们已属于另一个街市）

朝霞在楼头映照精美的窗帘
孩子的欢笑从屋中传出
又进入了更为宽广的想象
因为，在他们的时代
麦子和稻谷如同天上的植物
在传说中启发风采
又在现实中像容易到达的春天
具有简洁的速度

流水和鸭子，歌曲和柳树
都在和风的吹打中拔节
朴素的生活，在汽车鸣响的笛声中
像一个圆润的太阳
在一个时代的目光中升起

2020 年 4 月 17 日

九月，大雁的黄昏

南方和北方，只有一群
大雁的距离
在九月的黄昏，她们驻足的模样
像是被安慰的新娘

星子在水上闪烁
在暗黑的浪花上挑起灯笼
大雁的眼睛，一个眺望的节气
从芦苇飞到石头的桥上

你看到她们
在九月的黄昏飞翔
如同故乡被载到了远方
如同你，又有了一道雪白的伤痕

明月在她们回家的路上
铺上了记忆的词
你要学会叙述，在唇齿间
安放寂静的秋霜

2020 年 8 月 4 日

故乡

现代人不再骑着马和驴
奔驰在故乡的原野，赏着野花
现代人发动汽车引擎
从柏油马路上驶过众多的站点
几十年，或者更久
你在回忆一条路，一棵草和一株庄稼
在黄鹂的翅膀下
它们像暗暗逝去的黄昏
对秋天情有独钟的人
一定在冬天的冰面上召唤鱼群
对稻子的热爱，使人们的天空更高
仰望者由此想起了马群般的云朵
想起收割的机器在文字边响动
落叶与收音机，帆船与倒影
都服从于此岸，楼房的仓库里
镰刀正在收割它们，从乡村的硕果里
发现年老者的企图
牌和麻将正在退隐，时间中的人们
在品茶、吸烟、与儿童对话
他们不再追缉那些背叛者
先人的坟墓会惦记他们

让他们羞愧，且流下泪水
城市的钟声在这里也能听见
你带着轻微的礼物
像遥远的大街上传来的声响

2019 年 2 月 5 日

大角牛之歌

它从高原上跃起，像闪电
掠过流星，通过季节的秘密通道
它来到了库布齐和响沙湾
与风沙展开了蓬勃的角力

它有无数的方向，到达了
河套人的毡房，与秘密的罐
和高远的蓝天，深情地相爱
在人们沉入草原夜色的时候
它在阅读，与时光的追寻相互共振

如此，城市便站立在高原之上
如此，黄河便伸展出恢宏的犄角
它流逝的速度，像对包头和呼和浩特的倾诉
展开了奔腾与雄浑的节奏

大角牛在飞翔，以宏大的体征
证明鄂尔多斯的无辜
当真实的音乐来到了最高的建筑当中
它昂起头，遥望着高原的风信

2019 年 7 月 5 日

在高铁站

手捧鲜花的人，正在高铁站
迎接到来的人。他们想念了一夜
在这个早晨，忽然发现了
彼此有一个问候的价值
而到处都是这样的人群，他们的依偎
似乎是星光的吸引
从广大的眺望中获得的微小的温暖

在高铁站，美的运用者
都有一个时光的邀请

2020 年 4 月 1 日

春天的高铁驶向复兴的道路

在江南，我感到土地的复苏
从群体的花朵中，我们准备初生的站台
语言的蓬勃在开始歌颂一辆高铁
城市因而快速地象征
以令人惊奇的速度，驶向圆满
如同一种出生，抵达了开阔的远方
而乡村也在欢呼，苏醒的人们
开始关注另一个黎明

在塞北，牛羊在吃草
风在聆听遥远的美丽，正从一群
快乐的倾诉上，奔向蓝天
白色的炊烟，令人神往的马头琴
和一座座丰满的山峰
都在轻轻地呼唤钢轨的距离
而马背上的歌者，我们的时代的主人
他歌唱的词已深入到全新的云朵

春天的高铁驶向复兴的道路
三角梅、格桑花和高大的白杨树
见证了我们的灿烂和宽广

长江上的铁桥，黄河畔的白鹭
在史诗般的飞翔中来到了颂扬着的家园
迎面走来的不仅有欢腾的人群
还有历史所书写的新的阡陌

而祖国不再与泪水在一起
她飞扬的明天，是我们的到达
是重生、是涅槃、是动力的筋骨
在彼岸的瞭望启动时
是幸福与穿越的酒杯

2020 年 4 月 1 日

水罐

蜜在流淌，在水的汪洋中
涨满水罐。人走到玻璃上
照见了另一种植物
像超市中的柚木地板
照见脸、肚皮、森林和秋日的谷穗

我们浅尝辄止，在舌苔安装
有限的完美。你要拥有整个大海的安慰
就必须要从盐中萃取沙粒
在久远的收藏中献出黄金

生是这样的有限，我们低身而歌
流水啊，请收藏这平凡的词语

2019 年 11 月 21 日

从来没有表达过

从来一个人是不可以和更多的人产生关联的
从来，当我在人们的泪水中走过
才发现自己也是一株低矮的植物
从来，我是星星的崇拜者
只看到微小，我在暗夜的一次低语
你要给我的一切，我从来没有表达过
从来，我将怎样在死过之后再去表达生
就如你哭泣的夜晚，我是如何度过了
一个庄严的仪式，并在其中像一侏垂柳
从来，我不会继续成为一个倔强的人
代表人们的失误去表达完美
世界已经纷纷赶来，在我的面前
成为一种道具，但我能看到
你的过去吗，我的存在
要么是误解，要么通过了事实的检验

2019 年 12 月 27 日

仪式感

我有我的仪式感，在你走过我身边的时候
我会低头，装着望不见你
像一个绝望的孩子，等待救赎
我存在的价值只是一种形式的依存
比节气高，比力量弱
比初生的完美更具有固定的色彩

如果就此从旧情结找到一个合适的工具
我会举起它，以初生的勇气
鼓励到达者的鲁莽

但这没有发生，我只能假装起立
对着熟悉的植物发出赞美
并由此感慨生活的美好

2019 年 3 月 4 日

兰陵赋

我要美酒，在兰陵的窖藏内存着隐去的朝代
消逝是这样美好的词语，它使沉醉之貌
都寄予了山峰上的月亮。望尽天涯的人
怎么能忘却这里的黄昏，苍苍之树
悠悠之旗，向天空和大地呼唤
归来的马群，向着远古的山陵的誓言
回响在整个怀想中，辉煌的落日
为每一张亢奋的脸贴上黄金

水流向东，浩浩地表达巡游者的情怀
天子的王旗顺流而下，在辽阔的水隈
展开群鸟的意念。如一次征战的开始
人们出动了思想的奔马，覆盖逃窜的蹄印
时代缔造着铁的箭镞，雨一样地追赶
浩邈的流水，和它身边的群山

王国屹立不倒，像茁壮的猛兽
蛰伏在自信的心间。它要达到的四方之境
传来幽宁的和声。在安眠者的枕上
安置纯粹的药香，一切都得到救治
王在殿堂上，写下历史的魔力

使文字又产生了新的宿命，启示于
纷纷而来的承继者，阅读沸腾的词性

屈大夫拭车而望，王者之兰一望无际
在山坡、在河谷、在静寂的园落
有无数的幽怀在绽开，抵达了人们的生活
抵达了地域芳香的体征
哦，他想起一千里雄壮的山河在这里悠远
像失去嗅觉的感官，忽然有了敏锐的感觉
达于四方的神圣，达于疆土之上
自然的安宁之律。命名者忽然诞生
在某个早晨的微曦中，刻上王的书简

诗书的重量从此不再简约，秦朝的月亮
虽然短暂，但它照耀的事物转为沉铁
汉家的营盘功勋卓著，打马的将军
紧紧拉住这方奔驰的山河
而大唐如此魁伟，让所有的兰花
遍染庙堂，在四围而来的歌声中
羊群也驰如猛虎

专注者只经心于有限的文字
在瓷片和山岩遗留的光芒里，拆解偏旁
远古像一条圣洁的河流，他的奇情
风朗月清，到达更多的河流和山峰
是仰慕者给予了心灵，是饱蘸历史之光的

执着者，扶正了每一个字的灵魂
他和他们筋脉顺畅，气息祥和
对涌动的事件之浪，提出吟咏的诗篇

望气的人目光平静，在星座的安排中
发现风雨的走向。人群在这里默默不语
包括诸子的语录和大儒们的袍袖
都仿佛波澜不惊。每一个人都微言大义
在这里的群山上，萃取一粒火星
使旷古的照耀得到依据，并使偶然的
失语者，在某一个深夜开口讲话

相爱的人立在兰花的怀抱中
他们眼里的玫瑰、牡丹、月季、菊花
穿越了节气的畅达。在史书中
每一个人都有一个勃郁的花园。先人的指证
在今天得到了蓬勃的响应
一夜之间，众花嘤咛
如一部典籍翻到了相爱的部分
使芳香的设计铺展到一切瞭望中

因而星空抖动，惊喜于花海的徜徉里
有无穷的韵律，发散到人们的思念
在沧桑的转弯处　谁都会发现
卓越的光照耀着田园，照耀在齐鲁的山水间
哦，他们的汉赋、唐诗、宋词

都回归于人世的向往，那亘远传说之后
所怒放的灿烂现实，感动了天空

若是屈子行吟，他会陶冶于
这无边的花海吗，若是荀子打开竹简
他是要记录这旷世的灵脉，还是
他心底涌起的缤纷之河
若是一万年，或者更久的流逝
那么谁会在此歌哭，在此埋葬
骨头的宝藏，使之成为新的种子
在高远的山坡，在广大的田野
忽而发芽，忽然成长
似时光的遗篇，久久地滋养历史

那么人们要选择逆流而上还是顺流而下
选择诗意地安居还是在既定的真实中
留下身影。听到歌唱的人
手捧着瓦罐，在屋檐下敲起锣鼓
他们的和声将情不自禁
在所有的花朵的鼓舞下，达于蜂群
蜜的流淌已经来临
在辽阔的开放中，在伟大的诗篇里

2018 年 7 月 2 日

黄叶

事实是，它黄中偏红
像蝴蝶被赐予了一小片火焰
而静止的定律来到了人间
挂于枝头的人们也未必重视它
因为寒风没有带来巨大的冰雪
它的站立，只属于
风景中的小物件，和诗句中的
某个隐身的人物

我不要求这冬天的应允
我只要求，这黄叶
突然被锁具的沉默打开
所以，微小的幸福
也能就此抖动、燃烧

2019 年 10 月 11 日

午后，我看到一些人
在我面前经过

我沐浴着冬日的阳光，在花园的
木椅子上怀念一些人
在午后，他们一会儿清晰
一会儿又走到别人的言语中
与我的诉求相背离

一些人在我面前经过
展示着清朗的体格
生活没有给予他们过重的负担
即使过了四十岁，他们的面容
还是年青，像一棵棵
会行走的树，像概念浸泡在沸水中

我用过多的赞美能否抵达别人的丰满
此刻，泉水无声
有人在孕育另一个春天的花束

2020 年 3 月 12 日

两个人

两个人，他们投下阴影
他们在东边走动，而把影子
留在西边，被一个孩子踩住
然后放飞一只飞机

玩具般的时光，他们是偶然的
真实镜像。如果一双眼睛
搬动了整个阳光
他们的未来，会有一次
奇怪的移动，影子也会成为
他们另一个物体的命名

奇迹就是我们追赶的一个企图
在更远的道路上，他们会
跃起，像儿童公园上空的鸟雀

2020 年 3 月 12 日

大雪

任何相遇，都能让葳蕤的时辰变得直接
你从一大片鸽子的羽毛中，发现了
低垂的信函已四围而至。它们从一堵红色的墙上
忽而降临到隐藏的雷和雨水中
仿佛我们的一生，有降临的姿态
被创新者看见，并在他情爱的主题里
打开缓慢的降落伞，一直把活力的源泉
归还给沉默的机制，以及那些来到的证据

风光临了谁的头顶？让你的脚步
沿着例证的错失而压迫新的轮子
呼啸的动力之车像越过基点的语言
从你的目力的光芒中坚决地驶向
表达的背景。一年的时光，可以无限地
在寒冷中启发悲伤的信奉，你的频繁出现的力量
如另类的答案，给问候者
以借口，以庄严，以牵涉自身的勇气

大雪啊，你的大陆的边缘
有无边的光明，可嫁接于包容的物候上
文化与自昧的疆界得到划分，你的知识的沉积

像谣曲中的一串歌词，叮叮当当地
摇动从零起跑的足印，以及时代的一个绳结

2018 年 1 月 30 日

我的雪花

我沉默在年岁的缝隙，像一只蚱蜢
伸长了自己的触须。对于鼓荡的雪原的潮流
我有若干的理由可以抵达它的裂痕
风徜徉在寒冷的锁眼，人们的记忆
或许在生锈中迎接一个稻草人的到来
奇怪的云声在歌唱，也被两个接受
惩罚的人赶回了黑色的箱底。如你的刀刃
擦过了雪白的肌肤，我们惊奇的
不是因为动物的静寂，而是寒冷

我的雪花，一个天真的词语
在回旋着今岁的一些经验
它仿佛一本厚厚的书页，从物力
拉开的框架中，启发教义般的论战
万物的统领者，有一把锯子
锯去了白衣少女的粉末

2018 年 1 月 31 日

南京有雪

南京有多少个寒冷的天气
等着列车呼啸而过
而雪像没有约定的对象
从原野吹向城市
虽然你的阴沉的打算
没有在气候的预料中
发放冬天的礼物
但雪如城墙上的兽
有一个背景的落寞
护卫着它

在南京，汇集的人群
正在商议明天的归程
或许，雪会告诉他们
每一次的机遇
都有一个奇怪的开始

当我想到镇江、常州、无锡、苏州
想起秦淮河的灯笼
是如何地牵动人心
我相信，你的告别

即将迎面而来
就仿佛这雪的牵挂
总有一个摇晃的仪式

2018 年 2 月 3 日

蓝月亮

我的大街有那么多的仰头者
寻找着天空的裂缝

他们多年的词性在发作
例如在暗夜有一头奔驰的狼

它咬下寒冷中的蛋挞
和暗黑色的嘶鸣

在什么人的惊讶中
吐出蓝色的月亮如久违的爱人

哦，整夜都是疲倦的注视
像一个人走入责任的笼子

你要作出唯一的决断
看仙女是否回到了她的暖屋

她会说出词的修辞
在你的头顶放飞鸽群

因此你与移动的光明在一起
脱离了夜色的阻击

即使雪来到血色的黎明
也有出色的歌咏越过时代的纬度

2019 年 7 月 19 日

我要求雪再次降下

前几天的积雪，堆在黄昏的
肩膀上，从瓦楞间
继续指给我一个晶莹的世界
我期待的归巢的鸟
越过了夜的屏障，不知在哪里
寄宿，直至黎明
那么什么才是永远
犹如我仰望的高度　高度下的晚归者
是出发的寒夜中的情侣
还是独自的沉默

我要求雪再次降下
与巧妙时令的一次孤寂
产生和谐
森林会聆听什么
是我的诗篇
还是畏惧者的一个退缩

2018 年 2 月 7 日

世界，我是你最轻的部分

那么，脱离人群，脱离马的蹄掌
所激起的回响。白色的牛奶
泛着泡沫，在嘴唇边
像等待奔驰的列车
世界，我是你最轻的部分
通过了纸上的霜，通过了石头里的春天
所淹没的部分。哦，每一个人都高举着
自己的酒杯，每一个人都有一个地域的收获

唯有风声在诗篇中像一个灵魂
世界，我是你最轻的部分

2020 年 9 月 15 日

陶罐

牛拖着犁，在它的上面享受阳光和水
甚至在烈焰般的长河中，它也是舒适的
超过了人们的预期。而它地底的门
在向着幽暗打开，开始了独特的旅行
这接纳的光之印迹，都在陌生的泥土上
掩埋晶莹的痛苦，一直达于人们的歌颂
沉寂是可以被原谅的，正如人的死亡
可以解析为碎片的记忆，在偶然的亮光中
露出青铜和门框的颜色。他要独自在路上行走
担负着陶罐的历史，顽固且充满着善良

2020 年 9 月 17 日

可能

我可能是你的过去，因为我从来没有想过
你的未来是什么样子的，只在你的足印里
放上蟋蟀和蚱蜢，奔腾之力
那取得食物的象征，在草和森林之间
成为遥远征途上的一张纸片
那上面有沸腾的建筑像浪潮在不断地升高
和无数的人群产生着爱情
可能，我还将走到事物的背面
但你要原谅那些造成黑暗的眼泪

2020 年 9 月 21 日

安居与抵达

请穿越你的尘网，脚下的泥土
请在颂扬到来时，收获自己的眼睛
片面的风吹着烈性的名字
每一次朗读都生起了火
请给予安居的可能，人的圆满已经来临
请在失踪的地址上添上部落的图腾
请在抵达时安慰床和火炉
在它们的上面，请安放牛奶和谷粒

2020 年 9 月 25 日

书写

书写是把春风放在泥土上
是把喉咙放到剑上，把奇迹赠予栏杆
你已学会仰望，学会在戏剧的尾声中
歌唱糖果——那芳香的朋友
你将学会另一个字，但对别人并不重要
你在存在的默契中忽然回到故乡
并赋予这个字陌生的感觉
仿佛带着露珠的早晨又来到了人间

星光就是这样的奇迹，你的赠予
马上就要被暖风吹到世界的面孔

2020 年 9 月 26 日

这个上午

天气闷热得如罐子钻进了另一个罐子
面包的香味始终存在于我的鼻孔间
我企图在另一场清凉里
深思、打理花园
或者看别人在楼顶上放飞鸽子
这个上午，我独自与自己打着招呼
看到晴空的云朵被飞机牵引着
追逐鸽群。在它们的翅膀下方
万物苏醒，紫娇花蓝色的蕊瓣
在颤动，像我默默的步子
在寻找答案

在这个上午，有人在远行
看到陌生的空间里
出现了图示般的青春和寂静

2020 年 8 月 9 日

忽然，你的眼睛

忽然，你看到池塘里有一颗星星
摇晃着野荸荠的叶子，在它们葱绿的天空中
走过一群荒野的孩子
他们想念了光明的岁月，折服于
阴凉的流水，因为它会带着他们
找到另一个润泽的归所
摧动新的星体

忽然，你的眼睛亮了一下
因为清晰的标牌为你指示了路径
你可以走到高空，站在巨兽的肩膀上
发动一棵草的变动
哦，你的祖国会因此而强盛
在云朵上生长果子与花园

2020 年 9 月 4 日

从此时起

从此时起，所有暗中的伤痛与我无关
从此时起，人们将认识荒地上的草
并回避自己的亲人。植物让人感激
因为它们脱离了人类的语言
决不在伤口上放盐
沉默的人会走得更远
比别人的设计更有风度，更有把握
对袭击的抵抗
从此时起，目光新鲜
谁看到了更加辽阔的平静

2020 年 9 月 1 日

城之外

哦，一切都在城市的叩问中
街道连着宇宙，笔指向星辰
生殖的夜晚陷入秘密的花园
重生的英雄在禁忌之外
那么，哪里才是城之外
是地图上的辖区？还是外省人的故乡？
楼顶的鸽子飞出了大地
它只有天空的指认，和失败者的孤独
当然，飞机要把人载得更高
人们有机会浴入星辰之海
做一个亡故者怀念的对象，对地上的事物
反复挑剔，使故乡获得解救

城外有一座新鲜的屋子，在新鲜的
地质构造中
居住着煤和石油

2020 年 9 月 15 日

在所有的抵达中

在所有的抵达中，我选择热爱
初秋闷热的天气里闪过
一个人的身影

在所有的抵达中，你会醒来
对着物力残酷的密码
发动光明的寻找

我承认，天将暗下来
有人即将离去
初秋的谷物正在翻越高地

我将记住伤感的词语
正在穿过一只骆驼的背影
找到绿洲中的青铜

在所有的抵达中，你是被呼唤的名字
是盾的组合与复生
是血痕中的森林

你高过一切时间

如同强大的夜高过星辰

那到来的，邈如历史

2018 年 12 月 28 日

美丽

我想你是美丽的
在我经过的失败中
你是最美丽的到达者
脱离了人世的期许

我想当我到达最远的地方
与雪豹讲述迷人的旅途
那里，你还是美丽的
通过了雪的顾问

况且那洁白印证着大地的肌肤
况且寒冷总是尊重着你温暖的邻居
你透过黎明的慰问
像季风的坚决
那是美丽的，是合适的名词

2020 年 5 月 8 日

悠久

你催动的火力漫过了老式的堤岸
使失重的海水进入炎热的管道

人群穿越如磁力的吸引
被悠久的天堂所俘获

云彩的位移到达你的起点
一个不可能被改变的地方

你要臣服对自己的警戒
以火焰之芒挽救每个黑夜

黎明是未来的梯子
你要与不同的和善者在一起

抵达事物的天空
和他们赠送的大街

那么　新的机器会悄悄启动
你将有一个神秘的约会

在那些到来的相遇中
打开一节甜美的车厢

你首先要经历我的祝福
然后敲响时钟的诺言

2020 年 6 月 14 日

冰激凌小赋

冬天的商场里，连伤心的人
都捧着冰激凌，连一场演出的结尾
都捧着冰激凌，他们高潮迭起
没有回避温暖对寒冷的阻击
仅在一句唱词中留住甜蜜

天真的交流还在进行，冰激凌
融化着一个名字，从字根的结构中
流露金色的棒子

天即将暗下来，你的冰激凌的头颅
像灯的启发，像发展至于岁月

2020 年 7 月 19 日

行走史

街道保护着我，一个面目不清的人
也有一个较好的去处
我从来也没有失望过，也从没有
对谁的不满产生过牵挂
任何的道路我都尊重，在我疲累后
我会选择坐一会儿，在公共汽车站
手机专卖店、药房，我保持我的默默不语
以呈现我的礼貌。我知道
总有人会和我一样选择在这些道路上奔走
总有一些少女和孩子值得让人怜惜
事物在转向好的方面，我们不必担忧
也不必哭泣着寻找自己遗失的花朵
雨说来就来，那么就让它淋湿我们的衣服吧
在我们的内心，珍藏着阳光
它总是像一个收获，令人找到惊喜
尽管这无人知道，尽管天在不注意时会暗下来
但请允许我们有一个未来，通向时光的深处

2020 年 4 月 19 日

花瓶

平凡的圣物，在价值的天平上
只有一句孤独的颂词
你来自哪里，被哪里的春风所敬仰
人生的意义本来微不足道
但此时，却是那么的丰富
你祈祷那些逝去的时光，但怎能
无视那些即将来到的幸福

2020 年 2 月 1 日

这堵墙

这堵墙，我经常走过
它高耸着，将我的世界隔成两半
墙内有偶然的人流，可以带给我生活的气息
他们走动的姿态，已成了我的回忆
墙外应该有高大的树
我已看到它们的浓荫遮蔽着我的眺望
在缝隙间，那些偶尔经过的鸟群
带走了我的孤独。我思考着走过它们的翅膀
而那天空还在远处等待着一个回答
静静的像一个处女

2020 年 9 月 3 日

是你的过程，而不是结果

是你的过程，而不是结果
是喜鹊背上的花纹，而不是湖水的深度

定理的许可已经在花枝上留下刻度
至少表现主义正在思考是否把它忽略

你要在孤岛上留下你的名字
陆地就会疼痛，如花朵远离了母亲

真实的砥砺正在波浪间逆行
有相关的玻璃的花纹

在鸽子来临前，屋子的定义
会辽阔一些，到达车流的边缘

是你的过程，而不是结果
是杯子和阳光，是月光下的一块烙铁

2020 年 10 月 3 日

碎纸机

它转动，轻微地响着
向着纸张沉默的方向发动引擎
晚霞也有这样的时辰
被地平线吞没，然后在另一个轮轴
转动时升起
那应该已是早晨，群鸟出巢的时候
人也从安居中走向自己的公正
而纸包含了什么，它在死亡发生后
再也不会表达自己
像夜永远包裹着它

2020 年 9 月 3 日

小街赋

若是在古代，我打马经过
必能赢得艳羡的目光
我从乡村载来了明月
与这里的美酒深情相拥
我还会遇到吟诗的人、盘算风俗的人
在他们的针尖上
我的马蹄将轻盈如风

当我再次经过，它的文字
引领着我，获得欣赏的权利
石头将恒久岁月
在它的骨骼上鼓起力量
让我的过程漫长
且向往着再次的回归
建筑的主人，人的世界
在这里都沉于寂静中

在此，我舍弃了美和音乐
只对时光的缓慢抱有感恩

2020 年 3 月 5 日

夜风的符号

夜风有一个符号，它可以是蜜糖和铁锁
可以是立体的倾诉或者对未来的憧憬
我看到那些白蜡树在泛着银光
向夜空奉献着自己的叶子，仿佛风声
经过时，它们会留下硕大的讨论
树下的老人，也静静地仰望着天光
等待着一个指代的词从胸中涌出
刹那之间涌向青春，而不被亲爱的人所看见
水在深刻，泛着亚热带的鱼汛
那些看不见的网，正罗列着
深沉之吻，向着幽深的河底

你是甜蜜，是痛苦的绝代风华
是树穿越骨头时所残存的热量

2020 年 10 月 21 日

每一天

钉子、寂静、田园、花与植物
芳香的书本，奔驰的列车

历史、时代、锁与图钉
仿佛是沉睡，仿佛是火与深邃

你要在每一天像动物进入机械
跑动、检讨、与陌生人和平相处

这是世界的一个答题，牛乳与饼干
印在包装袋上的一张面孔

2019 年 3 月 1 日

回廊

在黄昏，回廊里飞过一只鸟
这是奇迹的开始。从外边走进来一群人
又走进了一群人
这是奇迹的继续
当我低下头，发现离去的人
都回头看了我一眼，这个寂寞的人
是奇迹的结束

然后，我走过了每一根柱子
又返回，不断地数着它们的数量
似乎，我要在它们的站立中
找到什么，譬如它们的身边
站过什么样的人，又有什么秘密被这些人知道

2019 年 4 月 4 日

那逐渐到来的秋天

那逐渐到来的秋天，那秋菊仍在怒放的夜晚
我的钟声还未敲响，城市在远处
寂寂无声。像收获者终于认识了
清静的痛苦，像认识家园的人
终于厌倦了长久的睡眠
人群开始从各个方向集结
在酒馆、道路、洗浴场和公共厕所内
拿出宣讲的纸，怀念大师的教诲
寒风已经爬上眉尖，而霜是昨夜的故事
被今天的知识所误解
我放空了一切思念，只保留史诗的凶猛

2019 年 4 月 30 日

苍老是一座漠视我的花园

我转眼看到人们的逝去，包括坟墓中的英灵
他们的玫瑰已到了枯萎的时节
街道转来了潮水般的人群
但这不能减轻我所摘下的时间之痛
苍老是一座漠视我的花园
我鼓励着自己，在一幢又一幢建筑的空隙中
放上指定的失误。所有的风
都凶猛过时间，吹向瓦和上面的天空
把我的市井带到不可知的境地
而陷落正在人们的惋惜中实现
我能走向更多的圆满，却不能
记载我的城池所隐藏的不满
孤独的种子时时旋转，在人心的泥土中
它们像剧烈突破的工具
给了我拳头之上的逃避
我应该走向哪里，才能摆脱
你们的逃遁之路，和你们从林子间
占有的菊花。诗篇的云朵
流过眼角，我的河流
波澜起伏，让一切都沉寂

2019 年 2 月 26 日

独坐的一天

他可以与任何人邀约，走入奇异的迷宫
在里边打滚，献上金属的锁链
在人们的回忆觉醒的时候，献上咖啡和糖
加上迷你的秋之菊花，使复杂的表情
有一种别处的单纯和静美

他独自坐着，整个一天
都是在流水声中度过，仿佛他经历的时光
都是在浪花上的，超过了花园的密度
在期待的游动惊扰葵花时，与飞鸟的进化
产生密切的联系。因而幸福是能够预见的
就如羽毛的色彩在阳光下被演绎

他乘着独木舟，做了一个年老的艄公
他乘着沙发的公式，解开了若干个梦境
他能坐得更为深刻，在水底荡漾
一种雨水吗，让它更加从容
缓慢地落到激流的边缘

2020 年 4 月 18 日

其实

其实风度已经养成，斑马也回到了斑马线中
落寞的风赠送给了赎罪者，雨已经过去

你保留了人们的解释，给世界一张简洁的说明书
以取得落后者的完美，而进步是一项高不可攀的事业

其实，人们已经成了富贵的象征，楼上的明月也是
照耀着，像一个索求者向往了冬天

2020 年 9 月 17 日

松鼠

林间的影子间高眺着鹰的眼睛
松鼠在跳跃，在暴雨来临之前

颤抖的是风中的枝条，有着长青的颜色
我们每次观顾一下，就能看到
它们像一只篮子从一棵树挂到另一棵树上
它们安装的阳光，也奇异地安装到
人们的脸上，使他们的鼻子像尾巴
在不停地翕动，闻到了草间的牛奶

彩虹一样的祝福也是有限的，远处的祷词也是一样
它们有女王的冠冕，有冷风吹来前的喻示

2019 年 9 月 9 日

星云

夜幕中巨大的明亮，缓缓到达一棵树的头顶
仰首的人，舍弃了蜜蜂，舍弃了单独的友谊

每首歌都在唱响，唯有它听不到
唯有它像草帽一样，掩饰了星光的照耀

美丽的人，请留下一枝花朵
请将和谐的晚餐尽可能地延长

2020 年 4 月 25 日

热爱

变装的身子，潜入人流
在荣誉的台阶上，他呼唤自己的出生地
来到群体的俯视

想到热爱，他哺育的一个温床
可以收罗所有的肉体，沿着
纯粹的圣殿飞翔

低于嘴唇的言说，加大了
狂风的热量，它吹拂着
像起始的惊颤，撼动了它的墙

一群人有多少终结的命运被鼓动
当他的悲伤发动起来，谁将拥有
确定的诵读，达于由衷的颂扬

2019 年 7 月 15 日

窗口定位词

至少一棵树，生长于别人的语态
它斑驳地像老鹰的一只翅膀
在云端之下，向着你的注视
发出拍击之声

这清新的撞击是否会带来
一座花园。长年的劳作
会丰茸它的叶子吗？一如眺望
总是在不断升高

它是我的眼睛，一个一生的秘密
伴随着，如同他们的轻视和打击
绵延的目光望着了另一片湖水
宽阔、幽静，时时有暗的影子抽打着我

我可以一跃而出吗，如油画中的
一次革命，或者如一个定位的词语
来自于某个呼唤的耐心
总让人等待一组身份一样的句子

2018 年 4 月 17 日

羞涩

是的，把一切算作我的
我的大街，我的人流
我的蝴蝶花，和它身边高大的香樟树
这浓荫，只有我的羞涩走过

落入鸟群鸣叫声的
是我的眼神对应着的一个悲伤
孤独的指向，似他们遗弃的种群
行走在自由的前奏中

好像我的根基还没有树立好
当一朵漠然的云追随着脚跟
每个人感到了摇晃
风也不能避免此时的挫折

挽留多么像响起的钟声
向着那刚刚升起的霞光
一个人不能在众人的仰望里
说出若干被敲打的词

2019 年 1 月 5 日

观察者

落于身后的跟随，被超越的脚步看见
地上的不为人知的生长，暗暗地
迁就那长久不会治愈的病症，仿佛
有一刻失群的落寞如一片叶子，时时
睁着的眼睛注视着一切凋落之声

远方就从此时的关切出发，从偌大的背景里
一些人将游离出来，来到枯守的边缘
时间的风声不停地击打，与骨头中的青铜
默应着，又转到了脸上

不断沉默的言辞，真实地应对着
降落的姿态，有多少的审察之相
便有多少的镜子，在隐藏的真相中
开出花来，甚而到达果实

每个人都钟情于自己的果断，当你的遮挡
无边无际，没有人会因此停留下来
向着光环凝结的地方，留下歌颂
而他们在来临，你将会看到

2018 年 5 月 5 日

柑橘园

树上的看得见我的袍衣的人
赠我以你的香甜，她不能反复地向上
像我的欲求，限于彼此的疆界

那腐朽的影像为什么时时来到
我的心中，当我还没有在赤裸面前
失去所得的时候
一个适当的忧伤会突然降临

我的企求是这样的没有边际
消沉在阴影里的生物，还在抵达
它明确的体征

你会降落下来吗？与你眸子里的雨一样
在我的拥有中，渐渐萌生的理由
绊住了映照中的门

2018 年 5 月 6 日

湛蓝

绸缎一样的空气渗入蓝色的竖琴
一群错落之狐有了移动的光斑
逐渐敏锐地抓住了低空的旅行

这倾诉特别而直接，如你即将
到来的拥抱，感受了彼此的气息
已经紧紧地坚定了自己的征程

这羊群，音乐里纯洁的风色
在刚养成的团聚里奔驰。是你的鲁莽
坚定了它们歌唱的情欲

你能肯定，倒退而来的呼喊吗
河流可以洁净前方的灰尘，包括指尖
杂色的油彩，经过提炼的人间
一定是看到了你的湛蓝

2018 年 3 月 4 日

我的浪漫之旅

与一群人，诗歌的拥戴者
产生言词上的联系，不会比肉体上的联系
更为高级。但错误已经形成
食肉者选择独居
与美好的相聚产生背离
方位的单独感，不能取代
彼此牵着的手，我们的神经末梢上
系着铃声的提示

在一个时点，迟到者不被掌握
在另一个时点，痛哭者已经消失
他们舒适地躺在我的浪漫之旅上

2020 年 5 月 19 日

每一个秋天都有一张面孔

每一个秋天都有一张面孔
诚实的计时工具，在旋转着自己的影子和刀具

指南针伸向林子的深处，看见幽暗之中
花朵成群地低垂，向着万物的中心

菊是奖赏，秋的骨头佩上了勋章
风穿过了四季，单独地停留在一辆马车的奔驶中

力的祈祷往往过时，夜在分解小心的蚂蚁
在树根间，巨大的空洞溅着火星

相似于燃烧，相似于隐秘的毁败
都在诗篇的底部，书写语言的蜜穴

枯枝隐喻了过去，未来提前得到宣示
人都隐居在自己的背反中

2020 年 11 月 3 日

相遇

偶然的城之安排，在花的园林
人们期待着相遇，把自己的手
交给另一群手，把自己的过去
拆碎，让另一群人过去
叹息、低回、赢得质感

高大的建筑投下旧时的阴影
行走的人惺惺相惜，像赤裸的婴孩
彼此拥抱，呈现铁与铁的完美

长此以往，人们将获得单一的价值
居于城，居于某个冬天的友爱

2020 年 11 月 9 日

书写者

你的讲述在时间的枝节上默默航行
岛屿的特征向着山峰，海的深谷中
开放着绿色的原野
你要得到直接的半径，穿越球体的深邃
在刀的密度上铺展蔚蓝
你看到被释放的囚徒驾着纸质的帆船
他们在寒风中担负了鸟的平凡
直至森林的奔驰，在浪群的翅膀上
像一匹急速衰老的马
渴望着新的力量超过它

你的字写在线性的记忆中
一场海啸将发生，它会冲垮
远征的堤岸
新的世界将产生，在宏伟的篇章中

2020 年 11 月 11 日

万物都有自己的母亲

麦子的春天，雨的降落
在城市的地理中有一场风波
每次，我们看到的生长
都来自于客观的愿望
它服从于自然的颂歌，在拔节声里
找到自己发声词——那个巨大的和音
万物都有自己的母亲
在我们的身后，风也在怀念天空
孩子在拍打手中的娃娃

2020 年 4 月 30 日

草地

空旷的音之回响，寂寞的树林的邻居
风吹过广大的草尖，它们摇曳
沿着普罗修斯的背景，向往金色的羊毛
航海者用脚作舟，驶过了眼前的世纪
绿色的灯盏晃动着，如同心脏
经历了波动，而没有发觉
诚实的灯塔就是远望着的石头
还有孩童的水手服，在石头的前面
像一个充满幻想的像章

有限的光之波动，跳荡在你的脚印中
在后面，一个沉默的人带着一队惊喜的浪头

2020 年 4 月 6 日

今天，我找到了
可以说话的地方

我已经好久没说话，尽管天气
存在于观点中，但连日的阴雨
并没有带来一个人群。我在屋子中
做电视的木偶，在玩具上点上标点
那些延续着的，我并没有看见
那些彩色的白天，我也没有提供
适当的颜料。当我走到另一幢建筑的背后
看到一辆车子驶过，那白色的造型
仿佛是一间白色的房屋在奔走
我终于找到了说话的地方，终于打开
瞭望的目光，等待另一辆车子的来临

记录的深入者这样写道：
我们的前方一定潜伏着一头斑马

2020 年 4 月 10 日

让灵魂憩息到自己的家园

我对未来抱有好感，那么未来
必将舍弃过去。我对过去的履历
深表歉意，那么未来还有更广大的诚实
真实的人啊，请尽快找到自己的火炬
让离开的世界更加明亮
凡是赠我翅膀的，我决定给予飞翔
凡是历史所不被认可的，我将重新考订
自己的午餐。米和蔬菜
在被追索的空间里发出芳香
果实的夜晚必将更加沉寂
凡是我经过的花朵，月光也看见了它
凡是在世纪的风速中奔跑的事物
我将邀请到最后的观赏者
让灵魂栖息到自己的家园
让门为每一个虔诚者打开
风景的朋友，是我再次遭遇的履历
我有笨拙的表达，在灯光中
被赋予了阅读的形式

2020 年 8 月 9 日

静静地

静静地，我把自己交给一些不知名的事物
在冬日，百花已经凋零
蝉的鸣叫也归还给即将到来的雪
在我面前，石头也和树在默默地问候
鸟群裸露在阳光中

火车的密使应该就在远处
他和她，一定拥有果实般的存在

2020 年 5 月 1 日

冬日

泛白的草之翼翅，飞起的力量
空气中的洁净呈现完美

在水远离枯枝的时候
更多的人跃过了灰色的镜面

影子的食物，安放在物体的身体内
像雷鸣被禁锢在回忆的安静中

人们企及阳光或夜，谁能看到
一辆白色的车子驶过栅栏

这密道的一只机械的小物件
突然会转变，遇见一些善变的人

冬日，就此寻找的喻辞
比糖水的甜度显得深刻

2020 年 1 月 3 日

而上午的阳光

而上午阳光也在袭击可爱的人
事物的远去并不代表光明的缺失
我在菜地和草丛中寻觅
在惊悸的时刻没有到来时
安放自己的橘树和鸟群
一个人的游戏，常常被旁人忽略
在铁质的椅子上，昨天的人
和今天的人是同一个人
我想起曾经有夜晚光临到这里
心便释然，因为我找到的
可能是月亮的邻居

阳光的船，载着远游的树
那么渴望和蓬勃
会证明新的一天

2020 年 9 月 18 日

鸟鸣，打击乐般的存在

鸟鸣，打击乐般的存在
回荡在空间的立体公式中
被恢复的树叶的信心
还是静止不动

在奔驰的旋律启发静默者家园的时候
人流会突然涌现，走出
新卵之壳，达到朴素的付出

故事总有一个绵延的开始
而角色的安排服从于鸟的迁徙
若是你的时光，挣脱了风之翼翅
便有另一个醒着的人弹响了节日

原野在远处，群鸟的宣示
将抵达谷物的丰美

2020 年 10 月 11 日

风在耳边

风在耳边，从过程吹响过程
从湖面吹向桥，从桥
吹向远处的建筑，然后
停留的时日变得永久

风给了我波涛，和雨的想象
在下午的石柱上，风吹着
一只鸟，从目光到叶子
从蓝色的帐篷到经过的人群

风将给我一些寒冷
在你的冬天，风是海棠的正确

2020 年 12 月 30 日

获得

我在人迹罕至的地方，代表我的获得
安坐与默想。白色的道路
没有一个人留下遗迹，只有寂静的
鸟的回声，从浓密的枝丫间传来
似我向往的黄昏，只有它们
才给人世以混响，发动的聆听
慢慢地趋于幽深的沉没中

家园如是，为生灵的活动
提供扩音器。你最终是掉落的音调
在冬季的沃野，成为一个沉默的片断

2020 年 1 月 22 日

音乐可以启发生存之学

音乐可以启发生存之学
可以在红色的帽子上缀上水晶

相对于铁的椅子——那些短暂的寄居地
音乐的混合之貌，天真而令人无据

在诚实的大地上，我们还不是过客
与出生时的愿望一样空白

人的漂流会突然来到
有谁会感谢音律和钟摆

经过的人啊，必有一双耳朵
他们听得到河流的一次呼吸

2020 年 6 月 11 日

零碎的雨

零碎的雨，下在台阶的外面
有轻微的响声仿佛是它的搅起
我知道，天暗下来时
总有人需要这些雨滴
黑色的小花朵盛开在地上

那些绽开的颜色应该是透明的
我闻得到，也听得到
任何人都能接受这群体的跃起
在一块碎玻璃上
蓝色的船已经在行驶

我要在零碎的歌唱中
鼓动鸟群鸣响的大陆

2020 年 5 月 11 日

在河流到达的地方

在河流到达的地方
人群也将作最后的畅想

在波浪锁住星星的时候
人群也将拥有自己的领空

你是哪里孩子，带着出生时的胎痕
等着故乡的码头刮过湖岸的风声

在你消失殆尽的时候
我将保留天空和仙女的歌唱

在到达的泪水化作石头时
你的精神里有一片夜的水晶

2020 年 3 月 1 日

当诗歌失去了人们的欣赏

当诗歌失去了人们的欣赏
当物质也沉于下沦
失望的人，请保住你的信念
在黄昏来临的时候
继续写下歌唱的言辞

当春天的鲜花已被别人摘去
当花园成了鸟雀的坟场
寻找春天的人，请打开窗子
你还有遥望和星光

当苍老成为现实
当青春也不再被歌颂
忠诚的人啊，请怀念鸽群
绿叶的钟声正在它们的翅膀上敲响

2020 年 2 月 9 日

人的枷锁被自己锁定

人的枷锁被自己锁定
在力量失去时，城市也处在忧郁中

我们的爱还将继续
在所得，在死亡也不能阻止时

阳光要显露一切阴影
同我们的机遇一样

阳光将受到一切妒忌
他的照耀归之于密室

人类永恒的谣曲已经诞生
黑暗赠予了另一个彩色的白天

请自由的天体走过世纪
请旷野收走一切瞭望

2020 年 9 月 10 日

致科学

你想起事物本来的法则
掩于深邃的迷雾中
例如一粒谷子，坚定地成长
与什么样的术语在一起
才能达到颗粒饱满，雨露均沾
整片阳光引导着大地
走向幽静的峡谷和安宁的草原
是谁从书斋抬起头来
擦亮文字背后的未来

真正拥有骨头的人
长着自由而广博的体魄
你沉浸在事物的光芒中
就能发现，他们正穿越一切崇山
在偶然的风铃里
趋向流水，照见高尚的构想
抵达繁华被拂去之后的简洁

而科学像一场久旱之后的甘霖
普降在你时光的记录簿上
滋润那些复杂的公式和结构

使成熟如秋天的果园
被你单纯的向往所仰望
人类的家园，忽然
飞过采摘的云手
让历史的篇章折服

你要努力地飞跃城堡
拍遍四季的栏杆
然后找到内心的风可以润泽的终点
你必将与霜情诀别
在芳香的温暖中
飞向旗帜和它丰富的火焰

2018 年 7 月 2 日

西湖书笺

那么，整个朝代都浴于碧波中
仿佛升高的基座盘桓于偌大的虚涵
我能感到，孤山的晴雨
立起了紫色的旗幡，向着历史的断面
拂动着清瘦的文字
万千舟楫载来去年的春风和雪
还有盲者的琴声和爱情的旧物
演绎人文时代的个体力量
流逝的风气日复一日，向着一卷
亘古的辞章，表达失魂者的小原则
雷峰塔望着小瀛洲，湖心亭牵着阮公墩
在自我奔泻的意图中，勾画一支长篙的深浅
荷们泪眼婆娑，与清晨某条鱼的苏醒
莫名地契合着，像一部思念的佳作
折服了苏堤的人群，向着古人的诗句
深深地稽首，达于明天的光亮
包容月色的人，乘上了向晚的舟船
他们对断桥的想念，如同蔚蓝的寂寞
衍生于阳光背面的沉醉
人们眼空无物，只属意于断续的蛙声
到达尘烟的细节，一卷图画由此

有了鼓动的脉搏，他们在湖中的日月上徘徊
闻到芳香的顶端，有一支不老的歌声
胜过对不满的抱怨，胜过融合之时
一场雨所注入的瓷罐
放达者给予世界一个真实的裸体
在众人的惊呼中，他们或许会获得松软的烤饼
并于一切帆影上放逐自然的暮色
鹤衔着梅花的气息，与他们海马般的造型
保持着和谐，保持着世界的单调和纯真
而安宁者看到了自己的疆界，无限地延伸
那些纠葛的情感，写上了风的小纸片
漂流到无垠，在天空
星座们总是呼应着一切复活的到来

2018 年 3 月 3 日

舞者

他们从今天的边缘舞到了明天的中心
在夜色中，他们快乐的脸
穿过了阴暗的阻碍，把简单的动作
赋予到达的人群。当宠物犬
正在赶回家园，人类的星座上
猎人也要趋于安眠。他们的节奏
还在继续，仿佛天空这间巨大的屋子
让他们温暖，怀念一切熟知的时间

而交谈者已经与一群猎物有关
这无损于一段旋律的再次播放

2020 年 4 月 1 日

酒的致敬

一杯酒冷静地呈现在桌面上
像一个等待被求援的人，不发一言
唯有啜饮者的狂欢，将它感染
我饮过骨头与美，在加速度的航行中
饮过鲜花和诗篇。而一切让我致敬的任务
至今我没有完成，对于行将下沉的夕阳
我也没有用沉醉的姿态来歌颂它
我知道，街上的行人正在各自走向
他们的家园，有一个表情的包袱
需要其他人去解开。一个人
过多地关心别人的过往，是一件不道德的事
至少我在打开自己的书本的时候
我没有着意于他们的欲望和言论
真相一再被隐瞒，楼上的人也没有写下一个字
我只想再饮一口酒，向谁发出致敬
大雨还在路上，避雨的人已经做好准备

2020 年 10 月 3 日

如 画

你已深入吉祥的云缎
像一只过冬的云雀
等待繁花漫过山岗
漫过你的家园　那永久地
被等待的地点

而你知道，你的广阔
即将在一道闪电中展开
你拂过观赏者脸上的飘带
已面临着开放的命运

你是要不断地啄破季节的壳
与一次繁华倾心地相遇
你的落寞的一个相随
很快地消失于一个预言

如此，你看到众人的茂盛
一段完美的遭遇得到诞生
如果你愿意打开翅膀
那么整个春天就会上升

你要成为一张画啊
因那个整夜无眠的画中人

2020 年 6 月 18 日

晚晴

地底的春色翻滚着
在一个确定的黄昏
晚归的鸟
带着它的鸣唱不断地上升

蛰睡的时辰尚未来临
阳光适宜怀念
真正的高度在垂照中
渐渐隐于幕后

走完这一段
就是明天
享受的指喻与一群夜归人
深刻地和谐着

狂奔的意念
能否在地表追认那疯狂的程度
走散的群体
在此时默默不语

哦，每一个夜晚都是一样
这日复一日的时光

2020 年 10 月 30 日

如你的无限

如你的无限
如你把世界置于禁锢中
如你的晨浴
如你的歌忽然低沉下来

如你的无限
如你向开放的事物设置的密钥
如你每日的咒语
如你把失贞的愿望疯狂地放大

如你的无限
如你的地域被安放了致命的罂粟
如你的沉醉
如你的伤感经过了河流

如你的无限
如你与人间的约定掀起了风暴
如你一个人的独行
如你把每次盛开都扛在肩上

2019 年 1 月 1 日

歌唱

我要寻找歌唱者，寻找金属、木头
和水中的沉船，我要与他们的歌声一起
冲破煤的暗和词的混浊
我要在他们的歌声中流下泪水
为了聚集的群体和风声中的铁
我将允许他们长存，允许在有人死亡时
让他们唱出悼词，抗拒虚伪的嘘声
我会尽可能地低于生命，低于他们
唱出的繁华。在过程行将结束时
低于痛苦的休止，低于平凡
低于高潮的锋芒
就这样，我的自然的容器
将大于无形，大于所得的石头
如此聆听的约定被取得原谅
大于金刚，大于春天的力气

2020 年 2 月 17 日

在你的落寞中

你有反复的食物滋养你的胃口
使欣喜的昨日归于寂静
在黎明到来时，你的酒杯已空
外乡人也已进入了梦乡
假如你想起了公园里的秋千
你一定能看到每一个人的童年
在作着舞蹈的姿势
仿佛从远处走来的
是他们失败的亲人
佩戴着旧时的徽章
无论你能说出什么样的句子
感动出巢的鸟
在你的落寞中
深藏的仇恨就会被激发出来
如同乌云的覆盖
总有一个待晓的机缘和过程

2020 年 11 月 1 日

纪念物

这样，你就可以在黑夜中
淌过自己的流水

在你遗失的若干的花朵中
有一个静静的未来
矗立起来
不断加大你囚禁的力量

像纪念物，流经身边
被路过者的执着俘获

2018 年 1 月 11 日

而抵达的星座消失在暗中

哦，花园，夜颤动的露珠
如同镜子，暮色的纷繁之相
被收罗到雀的唇吻中

照见的再次开放的企图
渐渐地低了下来，一直俯视到
它的河流，在身体里
发现了广阔的骚动

清点所得的人，脚步蹒跚
而抵达的星座消失在暗中

2019 年 5 月 8 日

寒冷之歌

我要的火炉在屋子之外
猎人安居的草屋中
当寒冷，我的亲生兄弟
来到我的禁忌中　我会心生怜悯
把它与猛兽驱赶在一起

我的火炉与我的兄弟在一起
没收他拒绝时一个仓皇的准星
然后安息，流逝的时辰即将来临

是的，我有广大的屋子
容不下一张羞涩的脸

2018 年 3 月 7 日

将盛开于你的无垠

若是回避，一个冬天将启动
别样的心思。我的逃离不可避免
在新生的启悟里，一定要抓住山头的云

而缓缓地飘落的你的雨帽
会罩住整片的植物吗？当它们忽然
哭泣于感恩中，一座园子
就会在倾向的时光中打开

将盛开于你的无垠，这鲜美的
带有纯洁象征的事物迈开达达之声
你不可以在迟缓中，紧闭嘴唇
对广阔的赐予抱以蔑视

2018 年 5 月 11 日

花园

鸟的鸣叫在高空传来，镜子中
透明的生物沉醉而高傲
像你指定的物像回到大地的怀中
谁在降落如你的昨日

经历悲伤的人，能不珍惜
他眼中的每一枚明亮，登上枝头的日子
还在颤颤地等待它耳中的节律
如果欢快的开放达于彼岸
那么还有什么不能涉水而上

降落的花伞在你的手中确定为果实
当你忽然地无声，那重回春天的言辞
就会垂挂下来，如同未来走到了跟前

2018 年 6 月 15 日

如此，夜色将呈现在谁的面前

如此，你攫住了这夜
穿过狂沙的寂静的黄昏
暗处的物质低下头颅
向着羞愧的悔恨
说出内心的咒语

如此，你能否脱离那
飞越而来的真理。当一切
化为你身边的一场游戏
难道谁还能担当一颗月光照耀的使命

如此，你的所有都得以呈现
在你的大路上，还有一次启示
转动在你的犹豫中，你已看不见过去
就像现在你看不见你的风

2019 年 9 月 2 日

人声

浪舐住石头，漆黑的
不为不知的星群驶过隽永的鱼
早年也是这样，他们翩翩而来
连着蔚蓝，那道失踪的防线

加入对流的一个空寂
奔向另一片草莽的游离之物
有了自己的天空，有了放之四海而皆准的雕像

穿过寂寞之流的手掌
挥动着鳍羽，他们还未曾老去
一匹马奔到骨头中，如新生
熨过琥珀的皱纹

2019 年 4 月 2 日

池塘春浅

碧绿的跋涉见证着矜持的无为
巨大的惊叹垂挂下来，从出生的云中
崩出一串经典的果实

临照的风色暖语般地跃动
一次善性的斑纹，如你的叫声
提示着春天快点醒来

要使沉没成为寄食者的杯盘
在黑色的石头底部，油脂的
膏质看出到来者的胃口

记叙的时态被瞬间发动
对无名时光的赞叹，刻写在
离去者微卷的唇语中

2018 年 4 月 4 日

星期日的遗产

恍惚的一天，阳光里的蜜糖
粘着布施者的嘴唇。任何的躺卧
都接近玫瑰，它黑色的口形
被不断地校正

我抱着自己的遗像，那个夏天里
生长着的一节甜藕，想念着
花丛中的纷乱，珍珠的芬芳
突出阵雨中的围剿

如果有接连而来的人群，说出孤独的
一颗子弹，如何射中了摇摆的心
那么我定会苏醒，在骨刺分裂的光芒中
接受迟到的安慰

我的回忆向着一片娇羞的湖泊
它尚未在命运狂野的追问中泛起波澜
而金色的鱼游过我光滑的绸缎
直至进入一个私语的中心

2018 年 5 月 2 日

沉思录

我在言语的碰撞之间，去发现深色的河水
它们与急剧的篇章一样，经常会
驶得很快，远离了岸的怀抱
我把太阳、月亮、树的姐妹
都投入到它们的心脏，听一条鱼的
呼啸之声，掀起了浪的谣曲
或许它们可以进入我的思维
那黑暗的秘密通道，放纵一样的事物
在我的床榻间安置命运的海洋
这样，沉潜的物质就会
浮出水面，被我一一审视
并在秋季来临之后，写下灰色的词语
或许，它们会往上跑到楼房的上空
在银河里架起一艘金色的小船
摇晃、采摘、驶过风色的两岸
这高处的存在是这样的远大
简直可以与我视野的属性相媲美
而事实上，我从来不会说出一句
成功或者失败的话
从来不会在一棵水草上
安放诚实的果子，从来不屑于

从人们的回答中揣摩今天的流向
与往日有什么不同
我只在堤岸的星辰上写下诗句
像失踪者找到了自己的道路
哦，我找到了黄金的颜色
我的沉思，我的信仰的引领
正在悠远中来到
我的马，我的车，我的城市背面的流水
划过我的闪电，我的阴影

2019 年 1 月 9 日

你要尝试一条夜的道路

风吹散了整个城市，人们也早已回家
早晨鸣叫的鸟也已收敛了翅膀
但你要尝试一条夜的道路
从树的缝隙中穿越斑马线，发现无穷
那渐渐离开而舍不得放弃的暮色

2020 年 4 月 17 日

在此刻，我想念所有经过的人

天如此闷热，连台风也逡巡不前
我留下笔和纸张，遗弃惰性的词性
来到大街，来到风采被点亮的地方
到处是灯火的泄漏，到处是人影
在闪动。我想发现新的流向
如潮水的汛期被我打量
因而他们从一扇扇玻璃门中游出
就有了反馈的欲望，直达事物的额头
前方经久的被爱者有渴望所敲打的走动
被换了方位。例如另一条路
和另一扇窗所表达的内涵
人的问询迟迟未能到来
在他们的所得中忽视了失踪的人类
此刻，我只想怀念那些经过的人
怀念他们的果实或两手空空
在失望未来临时，怀念雨的到来
以及他们四散奔跑的身影

2019 年 7 月 9 日

初秋

我到树林中采摘别人刚刚培育的花朵
滨菊幼小的影子吸引着飞翔的虫牤
我已不能赞美，面对着逐渐消逝的鸟影
只能在草丛中跋涉到有人从对面过来

我喜欢出汗的感觉，初秋是为了
寻找阴凉而来到人间
多少人打起了花伞，在它的阴影中
想念自己的经历，或者路的尽头
会站立着一只孔雀

仿佛人群还未老去，年轻的情感
在萌动，在倾诉，在潮湿地等待
是的，是一场雨击打了他们
让他们失去了遐想的耐心
以至于心脏有了伤痕

我知道霜即将到来
蝉鸣也即将退出舞台
回到泥土中去。人们将加厚衣衫
进入到思考的时间

我允许滨菊再次在风中向我抖动
允许寻找的人获得爱人
在树的枝叶间放上目光
迎接鸟群对这个季节的最初陈述

2020 年 11 月 19 日

慰藉

我的手要抚摸地上的存在
那些镶在镜框中的生物，包括
你的影子，平静地注视着我
如对一个自投罗网者的迎接

西北风好久未曾吹来浅草的马蹄
那么，我是在温暖中
拾起寒冬的枯枝，和它在春天的
一次叮咛

我可以回到孤寂的巢中，牵挂
世界的每一次陈述，它的牙齿洁白着
初生的雪光普照人群

我能以我的一小块皮肤，代替
整个流逝的时光，在它的扉页上
写上纯洁，光耀降下的时刻

我还能不停地默想我的手
所经历的辉煌，它沉寂的慰藉
是否连着了你的变迁

2020 年 12 月 18 日

面孔

我的思念，在更遥远的星座之外
意料中的辽阔，晃动着你的脸
像我童年的一张画，你洁净着
于海的尽头

你要允许我整夜失眠，与这张面孔的远航
产生同一的呼应。我的天空暗下来
代表你的风暴，已经在所有的舟楫上
展开磅礴的使命

仿佛一个理想，绽放于你的深邃
你将最终的一个笑容，寄存于鱼腹
让它驶到一切星语中，这深蓝的
不可以违背的诺言

想到已经逐渐苍老，整个孤岛的颜色
描绘着悸动。我相信你会低下头来
在重新开始的站立中，化为灯塔的某个夜晚
一直听到岸与岸必然的呼吸

2020 年 12 月 9 日

浩瀚

我观照今年的一场雨，深入到
梦中的死穴。它仿佛倒立着
把自己的影像放置到墓中

向无人到达之地，一滴雨
演化为狮子，它广大的湿润
给予到来者以失神的彩衣

如果它不停地奔跑，想念了
去年一粒谷子成长的速度，那么
它将会有一大片土地，埋葬自己

但星云，来自花园的上空
像一群执着的人类，默默地
走过你要到达的浩瀚

2019 年 3 月 21 日

题名术

谁是那个少年，谁是那缕春风
他爱人的楼头又是谁系上了奔马

谁熟悉浅草的池塘　和池塘外的钟声
谁的石砧锤打着出征的衣裳

谁骑着竹马来到了江南的深巷
谁的清唱夹着稻谷的芳香

谁要向跌倒的世代支付拐杖
谁的脚印藏着一粒星光

谁呼唤着她如所有人的新娘
谁想把神奇的锁加到自己的心上

谁要每日踩过别人的田园
谁的暴风会到失声者的天空

谁放跑了草丛中的羊
谁想起群草的歌声打在春衣上

谁要哭泣着面对一条河堤的高耸
谁的泪水养活着游过的鱼群

谁的书页吹进了庭院
谁在花间起舞着像一只蝴蝶

谁要收藏今夜的雪啊
谁的秋千坐着一片月光

2019 年 8 月 8 日

涉河记

春气未尽它的雾岚之魅，小桥已不见踪影
去年的某日，他想从一个记忆的土坎上
越过广阔的河流　放纵自己的远行
程序的表示中，有一只骄傲的鸟
已提前到达密密的树林。那里有眺望的台阁
有落后于敲打的鼓声，催促着徘徊者
食下最后的良夜。在早晨到来之前
准备好渡水的工具，或者还有面包的准备

宽阔的不带纯美的记忆已经开始
曾经的表现特征，都已沉埋
仿佛他对世界的承诺已经被击打
成碎片。这与一场风霜的提前来临有关
他默默地远征着，放弃了书本与灌木
只怀想春天，对逐渐放冷的天气
心有畏惧，在景物的茂盛中
擦亮一片桨橹的孕期

水拍打在舟上，力的远行
已过半途，白浪涌向天边
没有一个岛屿可以抒情地等待停靠

在一个人力量的跋涉中，他忽视了
流云、灯塔、和水做的蜜糖
沉浸在悠久的传说里，把自己的形象
定格于天幕的映照。他劳累
没有人看见，没有人会瞩目伤感的孤独

但河岸在逐渐来临，如同解脱的景物
映入眼底。轻松的倾诉自由地散发着
还有对来路的怀念也在一并地加剧
他想起笔记本上的造句，将更加快乐地
延长它的特性。他希望有一个迎候者
抱着东风，抱着他的历史
拂过源头的动力，从逻辑学的角度出发
每一次涉水而过都有一次热烈的歌颂

2019 年 3 月 23 日

猛虎记

国的斑斓显于石头的堡垒，流云
降下了透明之羽，飞过暗沉的
重力的源泉。啸声让迟到者颤抖
透过苍翠之布，匍匐如水的动影
照见往日的苍白，以及时光底座上的
尘迹，这没有约定的邀请
畏惧于白日的影迹，从风声中
抵达青铜与树影，让弱小的企图消失

他们的宝座空虚已久，魔力的权杖
指证着山峰，幽深的情欲之门
被关闭，奔跑者的足下
有太阳的密旨在驱动，光耀的
颂声何时抵达，这深谷
这莽原，这酒中的词性
在与失落者角力。初生的瓦罐
盛满阴沉之水，等待着热度的暴力

鹿和纯种的猎狗将回到木屋，祈祷
失魂的钟点上滚过雪的长征
光明的使者即将经过，带着夸父的铁

和芒种的谷子，从落寞的身子上
留下动力的广场。此在的钢之盔甲中
跃起庞大的歌鸣，仿佛遥远的路途
从来没有被抹杀过，胜过惧怕者的队列
所隐藏的真相，胜过血的标记

未来的铁蹄在践踏今日的硕果，成为
夕阳下的道具，成为理由中的牺牲
哦，摇晃的鼓声如一种相恋
把人驱驰起来，把落叶的情怀
收归己有。海拔带来了合适的气候
垂直的奔驰中有自然的圆盘在旋转
如隐世者安排的一个归宿。跃起的
雕像抵达了未来，在芳香的露台上

2019 年 5 月 2 日

313

午餐的致敬词

向田野致敬
在你们的博大里
有丰沛的雨水
流入成长的身体
包括你的不眠

向山峰致敬
精美的果实已经丰满
在占据者的手中
站立起丛林
包括老虎的啸声

向河流致敬
你们流淌的地方
生长着炊烟和人群
生长着船和远方的灯塔
包括鱼的家园

向阳光致敬
万物的哺育者有一个高昂的注视
温暖着人间

集体的唱词已经诞生
包括食物的颂扬

2019 年 10 月 5 日

在秋天

1

在秋天完成一个课题的同时
冒死的幸福者
准备用手机代替
人群的某个踪迹

晚风带来一个日期
但已经被分解
如一个苹果
分成了碎片

2

我们不断地学会
苍老的词
在水的年轮里
马的风度被持续
皱纹刻在它的道路上

音乐的特征被保留
与一阵雨保持和谐
天空高过云朵的五线谱
欣赏的人在捡拾鸟粪

3

影像的命运不可重叠
它来到世界的边缘
给心设置牢笼

白日之梦里
有花朵的海洋
淌过季节之水
在手心里安放一块礁石

4

我们低于树
在草的影子里安放脚印
回避箭和稻草人
在出生时
想象一个高大的偶像

于此更为陌生
选择白发的园林

放置一只酒杯
成为酒的圣徒

5

向上，有不可更改之面貌
畸形的生物
正在开启灰尘和水滴

我们用呼吸平缓
灰暗的天空
在时间的口袋里
装入罐头

6

而在下面
是我们的黑暗
一张脸色的段落
在铺展河流的堤岸

遗失的袋子
装满了香料
在另一个人的启示中
寻找失主

7

月份的硬度
可以劈开瘦削的果树
如装点夜色的灯
散落，无序的生存之心

想象的家园
它永远的坦途
回到了箴言

绝对的生存之据
预料了来日

8

我们要通过圆的单元
寻找方块的屋子
咖啡座冰凉如骨
真沉于水中
成为事实的冰块

芳香决定我们
从此走入另一个
被接纳的空间

时代，加速器
现磨的咖啡
与我们的一对翅膀

9

问询被赋予等值的分币
光，月亮
我们的彩色之旅

等同的答辞
有着明确的指向
年青的寄宿者
有一段诚实的时间

10

肺部在咳嗽
诵经的人
回到暗室

传说的路人
举起酒碗
又在想念昨天的陌生人

11

请在圆桌上
加上加法
用碟子掩去空白
用手在空白上写字

忘记的深睡者
取得黄昏
在扉页上
取下灯管

12

白日的惊叹号
带着一辆飞驰的列车

2020 年 9 月 30 日

藏品

我已是经久的藏品，放在房子的格子内
被灯光欣赏。这无关于孤独
无关节气为别人带来的狂欢

我坚信，我绝没有展示的机会
因为瘦弱的体表，已经献与那些理解我的人
而对陌生者，从不表达自我的软弱

我可以站到一切的时光都要老去
到那时候，万物回到了家园
人们也将会拥有自己的爱人

2020 年 3 月 30 日

间接

我能间接地受到不同的人的问候
在星期天，我虽然关闭了手机
但我能听到不同的人所发出的呼吸声
从我的耳膜的中央，渐渐扩散到
我周围的空气中。我知道他们的存在
与我一起，算准了一个好天气
或者在一辆汽车驶过时
会载走许多人远行的愿望

真的，厚道的钟表在提醒我
向他们表示祝福。即使此时天降下大雪
它的滴答之声，也仿佛是万物的叮咛
指向了他们的抒情

2020 年 3 月 31 日

在夜晚来临前，
我们将抱紧世界的温暖

——2020 年新年献诗

在夜晚来临前，归家的人正在构思

适当的晚餐，酒和命运

将重新释放道德的完美

树叶与大街，风度与禁忌

都将随着一场告别的开始

而生发全新的意义

我们歌颂了事物的一个过程

在它的曲折中找到了明亮

在它无所不在的启发中

生的价值日益显得迫切

如同我们的眼中有一个巨大的天空

在缓缓地移动。我们的听觉

总是够着了河流和土地，够着了

那些转瞬即逝，又忽然洞开的一支歌曲

进步的力量，在演唱中

像群鸟即将要抵达的巢穴

在那里，安定的日子为我们

打量着那些过往的秘密

生的坚定，与逝去的不可预知

让我们更加地凝聚，仿佛我们在一些
拍打里记住了疼痛的因子
又忽然忘却应该给予的倾诉
使词性的表达更加单一，更加趋向未来的辽阔
在夜晚来临之前，我们将抱紧世界的温暖
与干净的人生一同畅想
获得城市的赞美，和理想的春风一起
吹拂原野，直到华灯照耀我们的归宿

2020 年 12 月 31 日

玻璃门

暗藏的机关你要去发现
去与暗中的阻碍者打招呼
通过密码，与河对岸的人影作交流

玻璃门沉着地隐藏一切
人都在它的禁闭中
像一匹马回到了森林

这里有草的再次生长
有一场及时的雨会洒在脚尖上
那么，奔跑会被谁阻止

人影取得了解释的权利
玻璃门灯盏般地存在
如牙齿被紧紧地钉在语言的石头上

2021 年 1 月 8 日

影响力

刀已愚钝，复杂的事情转向简单
它切肉、剔骨，在寒夜反光
这都不能改变它的心思

刀来自构造，一块铁皮的再次锤炼
一盏炉火可以抵达它的心脏
以谁的名义，刀来到了水中
清洗隔夜的一段晨光

影响力铸造完成，刀在桌子上
衡量到来者的价值
如雨中的一片云朵
牵挂闪电

刀怀念火
我们更怀念荣誉

2021 年 1 月 9 日

当人间的月色被大风吹起

为着一个迟到的今晚而发出的呼喊
你们要仔细地珍藏
为着河流奇怪地回到了过去
水草也在翩翩地流逝
你们要咬紧自己的牙关
为着出生时暂存的一段谣曲
而季节被重新安排了唱词
你们要纪念逝者，并以祝福的名义
写下沉重的悼词
世界已经走到了夜的边缘
而你们还在崇尚着白天

当人间的月色被大风吹起
当身体呼吸到一片巨型的浪涛
当天涯变得近在咫尺
当心的跳动被秘密地交换

你们要继续成为自己的创造者
你们要在月色中安慰自己的未来

2021 年 1 月 21 日

冬雨

在我的怀抱中，滴入了冬雨
在草木沉睡的时候
我感到了多余的湿润
我走在草坪上，发现了它的枯黄
正沿着远处的石头抵达黄昏的边缘
因而，寂静的树在雨中
有一个背景，仿如远处归巢的鸟
突然沉入到眼睛的里面
寒冷是一个能够让人懂得的名词
当我用嘴唇呵着它的裙裾
就能听到这场冬雨
打在冰柱上，与时光的停顿相一致

2021 年 1 月 22 日

浅睡

我在石头上浅睡，感觉光在我的脸上
涂上了金膜，它们忽而飘起来
带动了我头顶的几缕白发
人群在远处像在寻找什么
他们指着身边的潮水
仿佛找到了鲸的家园
而我在一阵波浪中活着
与云朵的机器相安无事
我会在这里待上一个下午
在力量的发散中
睡成一株人人满意的草

2021 年 2 月 18 日

目的地

我愿意把每一个路标所指引的方向
当作目的地，但它们过于散乱
难以引起我形式上的快感
我的脚步零乱，一会儿在东
一会在西，总是有着不同的方向

但我把所有的到达看作是命运
例如我登上了高坡
并没有学会叫唤
只是默默地看着石头上的名字

2021 年 2 月 19 日

平静

我有一个平静的中午
没有一个人来找我喝茶
也没有一只鸟来到我的窗前

我可以惬意地读报、看书、喝咖啡
思考一些人生的大问题
因而，我的崇高的感觉
就会暗暗滋生

有一次，我坐在沙发上睡觉
竟然梦到了别人的故乡
它在开着花，并且没有一个人能够抵达

2021 年 2 月 20 日

人生

我总把自己的人生看作是完美的
当夜晚来临时，我有亲人和几株植物相伴
还有书本的胸膛，可以让我枕着
我曾经虚度年华，但这并不让我疲倦
我放下窗帘的时候
一个自我就会到来
甚至，我还会在花园中观察星星和月亮
在阳台的过道中，放牧秘密的羊群
为此，我乐此不倦
情愿放弃了更多的相聚
而枕头安放在沙发上
我会假睡，听电视中飞机的轰鸣声
像一个放弃绝望的人
给自己一架意想中的马达

2021 年 2 月 21 日

风吹过了一切

我在夜晚的支离中，风吹过了一切
风吹过他们的头顶——从前脚下的
一小块疆土。风吹过
我藏起来的一小块硬节
谁能使它柔软，我只听见
风声吹过夜的石头
风吹过一切，你要承认
你是最后一个得到这个消息的人
因为在此之前，人们已经归家
对星辰的落寞感同身受
不再给予彼此以体温
风是使者的衣袖，谁的温暖
将由它引起，谁就是幸福的人
在水也被忽略的夜晚
风吹过了一切

2021 年 2 月 23 日

天气

天气日渐转好，我看到晴天的羽毛
在事物的广阔中飞翔
这能启发我什么样的情感

例如，我是否需要一匹狼的凶猛
带领疯狂的人群，奔向一片辽阔的草原
让他们狂欢，接受酒的因子
或者我是否需要像一粒种子那样
从树上掉落，享受阳光的抚慰
在人群到来的时候，响起发芽的声音

我的心情应该像天气一样
充满光明的成分，我相信一切困难
但不能替代我对着一片广阔的原野
说出对生活的一场遇见

2021 年 2 月 24 日

我已无言

我已无言，在众人经过身旁的时候
因为陌生的人群没有带我走向城堡
没有让我在想象的火炮的威力中
翻过远方的山峰。甚至还有更多
他们竟然对我熟视无睹
像一个失望的人舍弃了对宝石的把握
真正的浓烈的关怀迟迟未能来临
我走在夜的街上，对霓虹的关切竟然
胜过了一切。我与他们一样
只有事物的深入，而忽视了同类的光芒
家还是那么遥远，背道而驰的人
你要胜过我的无言，做一个信口开河的人

2021 年 2 月 26 日

回忆炊烟

我很少回忆，对炊烟与稻谷的关系
已经了了，但孤独所给予的境遇
在无边无际地袭来。我对自己说：
在田园的那边，在水和谷子的上方
那么，必是炊烟的秘密让我们
沉浸在复杂的过去的公式中
人们计算收成，在暗夜与天上的人儿说话
在星星收起光芒时，打开眼睛
接受火焰的照耀，接受力气
从黎明的事物中生成而出短暂的希望
仿佛成功的节气，会在一个时刻来临
仿佛我们抵达的空气里，回旋着一头
勤劳的耕牛，承担着星空的重量
而爱是简单的，获得食物的人们
他们仅遗留了一点温度给自己的亲人

2021 年 3 月 2 日

我很少说起桂花

我很少说起桂花，在秋天到来时
我的森林在我的眼前一晃而过
我寻找的香味可能是一株菊花
或者是金钱草的母亲，对于那些在高处的花朵
我总是畏惧，不承认自己的审美缺憾
因为贫穷的事物，总是忽略桂花
让它生长在别人的庭园，在镇上，在城里
在林子的某个花圃上，它们才潇洒地盛开
走过逐渐寒冷的霜，却没有走过更多的
带着淳朴气息的经过。复杂的成长
总是回避秋天的邀请，当我想象
一个人能飞跃着经过凋零的绿树
我总感觉在贫寒中生长，不再说起桂花
甚至对食物的亲近表示怀疑

2021 年 4 月 5 日

年岁渐长

年岁渐长，我发现我没有了目的地
每天，我从一个地方走到另一个地方
有条不紊，像一部机器
接受着沉着的指令

但我不知要走向哪里，或者我根本不知道
自己走向了哪里，若是有一个城堡
将关闭我，我也没有怨言
若是健忘的人给我以面包
我也不会感激，至少我没有留下脚印

如果人们在事故的风潮中
找寻恩人，我确定与我无关
我是冷静的事物，需要一个指南针

2021 年 4 月 9 日

对应

床对应墙壁，蜜蜂对应风车
花的禁语对应黑蝴蝶
枪对应玫瑰
我在路上走着，对应迟到的到达者
他们一定在一条路上赶来
他们一定发现了更加落后的人

水对应银河，目的对应旗杆
远方的回忆对应诚恳的书写
词对应我的指尖
我在原野的中央，对应渐渐逝去的时光
我一定是看到了别人的痛哭
我一定是一个收集了宝石的人

2021 年 3 月 9 日

运气的人

节气在寒冷中发颤，整个花园的过道上
杳无人迹。运气的人面对一江寒水
在与自己的身体对话，在城市的安静处
摆放自由的姿势

人有多少简单的动作
可以伴随自己的一生，他们向柳树伸出手掌
仿佛分开了它们与秋天的联系

一个无欲的人诞生了，那么另一个也会诞生
你只要从脚底提起一口气，你只要
把春天的蜜蜂安放在自己的丹田
你就会感到一种爆炸，它的气浪
从一叶无根的浮萍开始

2021 年 3 月 21 日

我们失去了一块石头

我们失去了一块石头，在花圃的中间
曾经有一只安静的猛兽凝视着我们
在江南的人，因此经历了海潮
仿佛随时在一阵浪花间准备消失
而现在，一大片大理石
顶起了接踵而来的人，他们说话、抽烟
想念过去的事物，在尚未枯萎的青草间
安放步子。人生是多么复杂
即使失去了一些什么，也不能让人心生怜惜
我相信花朵就会在不久后开放
它们孕育的海可以替代海豹的吟唱

2021 年 3 月 18 日

樾城桥

它跨过这条江的两岸，仿佛初生的峡谷
被允许安全地通过，在晚上
所有的车辆开着灯，向远处传递着隐秘的信息
城市被分成两半，谁也不愿离开另一半
而单独成活，它可以向北或者向南
扩展更多的胸臆，但每一次都被
问路的人阻碍。每天经过樾城桥的人
不会在意身上的晨露或者夜雾
最多在漫长的时光中向往自己的高耸
通过这顶桥，许多人选择安全地远离
也有许多人停下步子，与江水的呼吸在一起

2021 年 3 月 11 日

船

草原之背上驶过苍绿的玛瑙
沉没者在船底怀念万物

雨能引来更多的大水
堤岸像我的巨齿
剪碎着河上的灯笼
在夜的胸脯上洒上火焰和盐粒

草在摇动，引诱马
从一个方向奔向另一个方向

2021 年 3 月 6 日

对称

我和你，对称的存在
就像房子和行走，呈现对称的韵律
无论怎样的光芒，也无法覆盖
整个灵魂的陷落
我和你，相互指责
对陌生的天气表达不同的指认

我和你，什么时候能通过时间的检验
而生发金属或者植物的和鸣
时间之斧啊，你要砍去谁送来的压迫
并在醇香的记忆里
纠正黑暗，抵达光明

2021 年 3 月 14 日

在同丰新村

樟树的意愿像冬天的车轮
停泊在完美与静止的想象中

人生的失重恍如冰水
恍如在隆隆的雷声后找到了温暖

2019 年 1 月 27 日

偶一抬头

偶一抬头，你就像一只斑斓猛虎
从我身旁一跃而过
在这个晚上，万物都归顺了自己的家园
只有寻找者的手臂还缀着黄金
人生有多么复杂的情怀
我们都从霓虹的闪烁中认识
那些行将逝去的事物
脚边有奔腾的草之平原
它伸展着，从昏黄的色彩里
把一切都送到人们的面前
我看到无数观赏的人群
在磁性的宽容面前，写上自己的答词

2018 年 12 月 19 日

性质

我的性质没有变化，在一场演出中
我还是安坐的自己，沉没在人群的静默里

剧中人在呼号，说着与现实不相称的评语
但无人去阻止他，甚至对他的表达
深表赞许，达于心中的一棵树

我要求的启示也没有到来，我积淀的话
将被更多的道具所征服

陌生的场景也不能感奋我，我继续坐着
像一个春天的使者，手捧着花朵

2019 年 3 月 21 日

到我的怀抱中

到我的怀抱中，去安放睡眠
去约会牛头怪、两面人

期冀的树总会在一条路上站立
你要在一个梦境中看见它
看它带来一个童话的王国
那里有牛肉面和布娃娃

我知道你的良苦用心，知道一个人沉没后
会露出最后的呼吸，达到彩虹的高度

我知道天真的摆设抵不过一座花园的摆设
你是诚实的，你有一个座位

2019 年 3 月 22 日

鸡鸣

不一定在黎明，鸡们的嗓子
才掀动稻草。不一定在人们黑暗的时候
方向感才带来动物的提醒

我们在东方，还是在西方
在南边的海洋里，还是在北边的高山上
一个深刻的呼唤得到了我们的允许
从你的桌子上一直响亮到你的人流中

那里边，必定有一个大写的符号
像一盏灯笼，通过了白天的检验

2019 年 3 月 23 日

在静止的时光中

在静止的时光中，有一片绿荫的存在
像大地的翅膀，飞上了演唱者的歌喉
他们沿着音乐的声浪，一次又一次崛起的时候
蝴蝶和蜜蜂会到来，收到季节的后悔
包括在开放的飞翔中，一次跌折的失误
因而，高音是危险的
它使一切沉默的阳光登上了一条险峻的路途
我只有在穿越这片绿荫之后
才能将一切音响安抚下来
让它们进入流水，进入纯美的管道
不让失效的路径引诱陌生的人

在静止的时光中，我有一个与往昔
相似的词语未曾从唇间吐出
我在无声区安放一个语言的包袱
但没有一个灯笼的火光
能使它们炸响。风如过客
或许会吹来雨的新娘

2019 年 3 月 24 日

351

一切

一切都在天气的原谅中复苏
犹如晴天在一个午后来临
一切的沉睡便有了价值可据
沉在低处的事物，它们要获得怎样的权利
才能相信尘会归于流水，石头
会爬到蚂蚁的翅膀上
那么，我们生命之轻
该怎样变得沉重
比如飞翔来临的时候
我们是成为滑翔机，还是成为一头河马
沿着水的流程，那自己降落的场所

一切都有了答案，谁也不必再去询问
我们看到了零乱的生物在再次生殖
脱离着自己的母腹，把复杂的气候
简单地予以享受
一切的大地上的寄居者，他们都有一个节日
恍如我们的惊涛骇浪，都在平伏中
找到宽阔的陆地，或者花朵

2019 年 3 月 25 日

列队

风在叶子的整齐中列队，从缝隙间
累计阳光。风在鸟的默契中列队
从它们的眼帘上走来成片的时间
人间有单独的问候，你要勇敢地接受
它需要宏大的背景，或者是痛彻肺腑的爱情
它简单的音律柔软而单纯
像孩子碰到了陌生的人群

风在语言的牙缝中列队，在音乐的跳跃中列队
在城市失去夜晚后列队，在长诗的停顿中列队
是的，饱食的人需要一张新的图画
安放桌子和椅子，安放茶水和姑娘
经过的人面含羞涩，从歌颂的开阔地
回到唱词与牧草的又一次蓬勃

2019 年 3 月 26 日

大海

我追不上它的浪，至少在辽阔的汪洋中
我的忧愁是带着刺的，不被水草所接纳
我站在岛屿上，不能消除我的羞愧
因为人间的重量，并没有随着
经过的舰船而减轻

我登上了灯塔，那一定是在白天
才能看见，那巨大的灯盏大过我的期望
仿佛我的眼睛也能穿透这阳光
到达偷渡者指定的地点

但在夜晚，大海不允许
有新的骚动干扰鱼群
我介于介词与副词之间
有一个固定的瞭望

2019 年 3 月 27 日

某天

某天，我终于停了下来
对着身后的道路，想象死亡

它真的在来临，骑着灰色的衣服
没有一盏黑色的灯笼能照亮

某天，我是一个失望的媒介
失去了对影像的简单过滤

人发出的声响偶尔会停下来
有人用声音作了保证

我也走过了鱼群的慷慨
只捡到一根刺

2018 年 12 月 5 日

与词性相吸引的午餐

在过程的矛盾中，你发现了广阔的原野
在原野的智慧中，你找到了午餐和大街的背景
词性像奇袭的白马，驮着友谊和钢枪
向背反的立场，说出坚决的指认
你脱离黑暗的秘密已经获得允可
在飞机场，或者巨大的草甸上
奔驰的食物闪着金色的光
你要回眸，在多少次的阳光里
搬运稻谷和深山，那影子的附和之声
有着无比的重力之魂
你是词的顽固，河流载来的欢宴
和欢宴之中一场让人沸腾的论战
它总是降低着高度，如同古代的吸引力
如同你的呼喊中有一个立体的塑像

2019 年 3 月 1 日

茶的命运

你要学会迁移，从一杯茶
迁移到另一杯茶，从一个语境
到达另一个语境。即使你是一个人
只有一只熟悉的鸟在你的词汇中飞翔
你也要欢乐，感到了茶的命运
正从复杂的行驶中，遵从了时间

在美丽的春天到来之时，你要成为花朵
成为一杯茶和它的母亲的一个场景

2019 年 3 月 2 日

杧果

想到杧果，我就想到一个果园
那里没有什么人，只有一个孩子
驾着梯子，在进行没有完成的采摘

这是江南平原，没有抵达更远的南方
但我从不后悔这样的想象

当我一个人剖析了眼前的风景
我就会默默地起立，想念杧果
并尊敬果树下的沉睡者

2019 年 3 月 3 日

在昨天，在明天

在昨天，难道你揪心于
从空中云来的甘蔗，这使你苍老
在昨天，难道你停下手中的笔
看到了事物正在发芽并取得祝词
那么，在明天，你会是一个幸福的人
你将占据大地和山岚，成为风的儿子
在明天，你记忆的马夹袋
将在人群中失踪，在跳跃的步伐中
你会获得一个新的布包

在昨天，在明天
圣洁的人看着你，从白发的犹豫中
走向河流环绕的边界
你坐在众人的遗忘中
看见雪山和狮子的奔驰

2019 年 3 月 4 日

雨中过绣衣桥

已是傍晚，所有人的正在收回白天的付出
红绿灯知道这一切，不断地变换
以满足他们的心理转换
雨洒下来，在绣衣桥的中央
积聚了一摊水渍，像一面圆境
照着天空，人们从来没有向往它
也没有在它的上面放上食物和歌鸣
只有如流的车辆驶过它，像一种礼节性的拜访
在桥下，绣衣河在闪着波光
在路灯的掩映下，发出纯黄的色彩
仿佛有无数的游鱼在里边跃动
我匆匆走过，又举首回眸
希望在我的一个刹那见到冰雪的影子
但唯有雨水在降下来，透过我的皮衣
将冰冷以词的方式予以灌溉

2019 年 1 月 8 日

练习

如果把睡眠作为我的练习，那么我讨厌抽烟
因为常常在午夜，我燃起烟卷
像一个心事重重的人，盼望着天光
我与世界和谐相处，这是我的利益
也是价值的器具所焕发的星光
当我不语时，谁能让我安静
谁有陪伴我的星光。我反复练习沉睡的可能
以满足苍老的拒绝。在人心上滚过的车轮
谁说没有疼痛的痕迹，人世在渐渐消融
我是可能，是练习

2019 年 1 月 10 日

密切

哦，已经很远，与我密切的人群
正报我以骄傲的眼神
水果、猎人、莽撞的春天
谁也不会指正我的正确，因为在错失的时光中
我在渐渐老去，代替失败的人
宣示物质的猛烈。事实上
我已不能代表任何人，也不代表机械的模仿
和人们耕作时的幻想，只在道路的两边
安放脚步，寻找行人
如果他们有经过我的机缘。真实的启发
像两个圆满的路灯，一个在这边
一个在那边，静静地，仿佛在等待面包

2019 年 1 月 11 日

呈现

哦，美；哦，呈现
风的律令，方程的解答
我沉默的事物在开花
透过祖国的心脏
举起稻谷与道德、玻璃与风俗

哦，奇迹；哦，声音
稻草在接受春风，雨在路上
幸福的人，都有一个单词
我走在简单的传奇中
仿佛是一个收获的猎人

哦，钟声；哦，星辰
哦，是一个清醒的时光
它的未来，它的门

2019 年 1 月 28 日

像家园里飞出燕子

像家园里飞出燕子
一个人抬头的瞬间，总会放纵
自己的某个欲望

在楼的角边上
爬山虎茁壮着，像在奔赴整个森林
而这无关于我对世界的向往

在远方，我会放置我的座位
错过一些熟悉的人
只等待翅膀的降落，然后听到耳语之声
从一个倔强的通道中
在风中响动，但这又能被谁听到

2019 年 4 月 19 日

词突然降落

词突然降落，从耳鸣的嘈杂中
清晰起来，从梁檐上
落到一株植物上

似乎祈祷也没有这样的机遇
让安静的存在有了某种特别的光华

我抽出了我的笔记本，在它的上面
安置一个上午的等候
相当于一个传奇被我收容
被细心地安放在襁褓中

词是安宁，我是词的指认

2019 年 4 月 29 日

蒲公英

在城市的一个冬天，雪花也躲藏
在人群的后面，寒冷指向
人们的肚子，在舒适的枕头上
放上一枚彩色的叶子

这样，我就怀念蒲公英
怀念某个初夏的下午
它开出的幼小的花
在摇动阳光

人有无限的可能，而蒲公英是一种
它承认我的鲁莽，可绝不承认
在城市的背景板上
我的诗被安放在后面

因此，我的退缩显得毫无意义
在冬天，我怀念一个乡村的善良

2019 年 7 月 3 日

花岗岩

它高大的体态从初级的台阶上
升到更高的高度，有的还闪着光
发出幽黄色的光斑
我觉得它从山中到来时
一定遇到了包容的人群
才使它在水乡存活了下来
在人们经过时，留下目光的注视

它小心的形状，被每一个人
所接受，所理解
寂静的声浪围绕着它
使欣赏者默默无语，走向落寞的黄昏
如果明月可以带来一些特别的东西
那一定是花岗岩的未来
让敲击的声音更为深邃

为了我们所理解的一个造型
它在努力着，端正着身子
认知已经在被造就，清洁的人
正在擦洗它的身体

2019 年 6 月 1 日

靠墙而坐

位置黯淡着，等待一个熟悉的人
他会从平静的夜晚掀起飓风

盐已经平静，糖也不再分解分子
只有声音在寻找着自己的爱人

靠墙而坐的人，有无数个愿望
只有一个人不需要人们的安慰

他沉默的语气在闪着光
只愿意让陌生人听见

生活的收拾者
也在对着这堵墙在说话

2019 年 6 月 2 日

在这个空间

在这个空间，人在叙述
一天的过往，那些摒弃失误的语言
完美到让黄雀也要赞美

但它们的羽毛上的露珠
还没有干透，阳光刚从地平线上
升上来，对着合适的仰望者

一天的开始，刚刚孕育着
温柔的秩序，包括
风中的一个失落的词
也可以静静地闪着光彩

2019 年 6 月 3 日

片刻安静

世界突然急速后退，让我有了
片刻的安静，片刻可以支配的思想
我突然从繁华的陈述中
安静下来，像一片叶子失去了风
又回到泥土上
甚至我不再留意走过的人
他们的衣服、肤式与我无关
他们要在此刻留下一些什么
肯定是另外一件事
我想到了马上逃离，以避免
那些复杂的幽灵再次光顾到我的身上

2019 年 6 月 4 日

风中的过往

鼓声安息，在风中
尘埃也不会关注眺望的人

过往每日都在流逝
像月亮的一次照耀

人生在默默地发芽
准备开放新的花朵

连同痛苦都被一并收罗
时刻准备崛起者的宣言

暗中的钉子，复杂的帽子
休憩的人长眠于黄昏

2019 年 6 月 7 日

我想活得像樟树一样永久

我想活得像樟树一样永久，在我的城市的大街上
到处是它们的影子，在风中摇动
虽然这浓重的阴凉让我感到惬意
但人们还是忽略了它们的存在
因为质朴的外表代替不了人们对美的要求
在人们的心目中，只有华丽的月季和杜鹃
才能带来春天般的愉悦
当他们悠久的步子得到重新发动
走过了所有的高楼和暗巷
有人总会在一朵花前品评，或者思考人生
或者想起一个老人的时代也曾经有过
这么艳丽的青春。然而樟树
却沉默不语地将自己的身影洒向
远方的原野，在人们不断改变的定位中
它们始终是一个不变的方向
像我们通过自己的秘道时所经历的过程

2018 年 11 月 1 日

古巷

风会把飘拂的床单吹得更高
如同旗帜在高耸的墙上
投下蜜蜂的翅膀

幽深的道路铺着时光的蜜糖
他们经过时，从没有走出
菜花和玫瑰的生日

木质的门应该通向一口古井
那穿越面孔的镜子
会在新鲜的指认中
突然荡起幸福的涟漪

我们已经是独自一人
只有无尽的行走所留下的脚步
像世界的一个对偶

2018 年 11 月 3 日

雅致

而静便是雅致，便是我们通向
一句词句的句法。而静便是风声的归宿
便是纯粹的硝烟抵达玫瑰的地方
我们暗无声息，像经历死亡
看到了季节为我们密制的黑色之花

而静在来临，而雅致已深入骨髓
而我们正在交往的间隙选择羞愧
而我们是灵性的驱动器，只有一半的
阳光，一半的清洁的牙齿

2018 年 11 月 5 日

和风

我赞颂着的一个物体，圆满地迎接
和风的到来。我的计位器专业而古老
对它到达的方向讳莫如深
那么，和风是我的秘宇
你肯定不知道水带走了谁的寄居地
在宇宙的中心，夜抽走了
所有的阴霾和暴烈，只有阳光
还行走在大地，看护着庄稼和园林
永久地站立或者席地而坐
都让我羞耻，我悠久的翅膀
向往着另一个地方，而此地
必须深埋一场戏剧的秘密

2018 年 11 月 9 日

树梢

它们还不够高大，够不着云彩
和它投射的大地，但时光并没有
收走它们的正直，我看到在它们的上方
还飞着不知名的鸟，带着人的诉求
我能想到，在一个甜美的下午
它们的阴凉可以让一个孩子停止叫唤
让他的父母再有一次牵手的机会
当所有的人都老了，他们就会
仰望头顶的葱绿，埋葬着悔意
只把事物的鲜亮部分尽情地展示
我相信，它们会变得越来越高
越来越超越人们白发般的狂想
在一个人离去后，他会带着自己亲人般的天空

2018 年 11 月 27 日

在我到达的时候

在我到达的时候，连猴子也没有踪影
所有的春光都已被人占领，唯独
真实存在的词在启发迟到的思维
人的远虑已经不复存在，我也在睡梦中
抚慰那些不安的灵魂。如何让诚挚的高山
再次伏下身子，向远道而来的人
说出傍晚的心情。人生的课题
本来简单，但回答者泪流满面
他们重来不愿复制自己，对渴望的春天
说出拒绝。在每一个人的后悔中
我们在不断地到达，在重新生活的愿望中
人的往事变得可有可无。城市也在高昂
我们低垂的目光经过水和牛奶的提炼

2019 年 2 月 9 日

空白

你刷新了墙面，发现空白
走到一群人的旁边，发现空白
事物到了底端，还是空白
在空白的调色板上
你是被抹去的传说
被抛弃的颜料，被伤心与词语
反复约束的一个个体

你找寻了灵感的居住地，你是空白
你在人们死去的时候修正一棵石榴的枝干，你是空白
你放下背包上的锁
与有情人定好归家的日期，你是空白
你在狮群的中间放上盐粒，你是空白
你是城市的一颗星星，你是空白
你是机器与猎人，你是空白

你还没有倒下，空白比海还大
护佑着你，让你成为更大的白色
你在数着自己的钱币，你是空白
你砍去了多余的脂肪，你是空白
在肌肉的力量爆发时，你是空白
在床与梦想之间，你是空白

2020 年 3 月 5 日

迷人的酒

我只要一杯，在静谧中安慰自己
代替说话，代替抵达的欢乐
在微醉后，我将会更加迷人
在处子的星座，默默闪光

我要在这杯酒中收回自己的领地
我的骨头和肉身，也将被赐予精确的地标
是逆流而上，还是沿着石头的道路
到达终点，在每次的呼吸中
孕育词的定力

我只要一杯，相聚者相安无事
享用着精美的佳肴，是我最大的证词
最终，我会以睡眠来表达自己
在死亡袭击我时，做一个生者

2020 年 5 月 1 日

到来的又转瞬失去

尽可能地渺小，矮成金边阔叶忍冬
护着树，向小心的求证者
涌去。哦，一切会更亮
不仅是潮水一样的泛滥

但到来的又转瞬离去
仿佛堤岸会在短暂的时间上粉碎
破坏的力在树上，在草上
失去了人的高贵

静的时态，是永恒的美
我穿过绿荫覆盖的小路的时候
那些静止的植物，一路繁盛
跑到了自己的对面

2020 年 7 月 17 日

迷径

我因懒惰，没有走另一条道路
在树林的覆盖中，我只是抬起眼
看了一眼。想象人们的安居
会延长生存的期待
我想那边应该有一所房子
属于我，属于我的错过
或者，那所房子将让人迷惑
成为一个问号，对着某个失误

我相信有一条迷径会通向那里
人的影迹被树叶抹平，小兽们
也唱着通俗的歌谣，走过每一个黄昏
只有在这样的时刻，我才能抵达
人们才会重视眼睛

2018 年 10 月 20 日

简单的约会

穿上公鸡的衣服，有一朵花的模样
盛开在水仙的注视中

人可以在众人面前刮过一阵旋风
像过夜的猛兽突然发现了光明的来临

但简单的愿望如此迫切
只要在一杯茶中放牧羊群
看它们吃草、吃叶子、吃水蒸气里的彩霞

有原欲的影子跟随着
曙光在另一片区域中徘徊
你在犹豫中说出：归去的人必有一个怀抱

2019 年 6 月 11 日

暖气管

有一个春天是暖气管的赐予
在寒冷来临时，它带来了草和花木
给即将进入睡眠的人
以梦境的提炼。它神秘地寂静着
在墙壁一隅，像一个默默不语的君子
只有衣服的碎片才感受到了它的无辜

谁有更大的抱负，越过了冬天的欺凌
对反复告喻的雪花说出拒绝
一些燃烧正在升起，而另一些
逃跑的生物注定要活在洞穴中

2019 年 6 月 12 日

告慰

我对自己说出月季的代名词
说出远处的山峰上的一个沉思者
说出窗子所包含的内涵
说出食物、道路和原罪
我就感到可以告慰，那些山水里的确定

我对经过人说出他的脚步
说出在明天过后再次获得的恩赐
说出短暂的快乐里那些即时的感动
说出宾语、句子的末梢和纸页中的秘密
我就感到可以告慰，那些仍然冒着生机的经历

你是一个迟早要归来的人
你的胸中藏着布施者的机器

2019 年 6 月 13 日

归

动感的雾飘过了前头绿色的彩旗
笼罩着一棵青菜和一张圆桌

晨曦里的阳光，刺不穿
沸腾的鱼，蜜汁的瓜果

诗歌里的白糖都已经说尽
唯有一只蝴蝶还待在巢里

学习归来，像婚姻的闹剧
被一场雨延续

你是真正的过客，腌制的时间
发酵的路上或许有证人在来临

2019 年 6 月 14 日

果然

果然，我失去的部分
别人还在反复玩味
仿佛我的消失是一个重要的事件
它决定着某些人的生活
果然，命运在不断地加速
谁想跟上机械的步伐
谁的眼中便有了喧嚣
有了不可更改的烙印
他们要隐藏什么。是物质的一次自慰
让惊恐者喜欢了隐去自己的正直

果然，你正在为绝望的人破除证据
洁白，是一个多么美好的词

2019 年 6 月 8 日

夜在来临，而我不知道

夜在来临，应该有一段时间了
夜穿越了所有的林梢来到空地上
在简短的花期间，寻找道路
到达人们的欲望所指定的地点
夜在来临，而我不知道
我只有从一座桥走向另一座桥
从湖水的荡漾中发现悠久的历史正在失去
在湖岸上，菊花逆着季节在开放
没有向我表达清醒的体征
我的大脑似乎来自另一个星际
在宽阔的航行中，避开着漩涡
启发玫瑰的痛苦经历
在颤动，在烈火的经历中等待救援的钟声
夜在来临，我应该穿越哪一座堡垒
才能找到合适的安息之处
风击打着白色的景象，我已经在飞翔

2019 年 8 月 5 日

黄色

酒的分泌物质通过了风的历史
而让人类有了沉醉的依据

体积的收获有些庞大，在月色中
有些色彩挂在树上，通过蜜乳的春天

黄色的稻谷，比黄色的金子的
题名有更丰富的含义，可以包容季节

丰盛的旗之密语，在苍翠的山冈上
夕阳卷过了大地的心脏

我们回到酒，浓烈的灯光
将照见归来者的一个行囊

2019 年 7 月 19 日

卷心菜

在田野间，成排的卷心菜
像一群石头的柱子
等待砌起植物的建筑
安放雪和冰块的火热

在家的冲夺中，卷心菜
是和解者，它白色的花瓣
从水缸倒映到透明的玻璃中

你要从早晨开始歌颂
卷心菜将有十个里程供你选择
当然，你所谓的城市
也将有其中的一条道路

2019 年 7 月 18 日

瓷盆

电视、风扇的家园
瓷盆敲响着黄昏的嘴唇

有人将就此走到灯光的深处
举着白色的瓜果，仿如月光跟随着他

纸张的柔力将通过擦拭者的春天
而使花朵荡漾在灰色的深处

我们回到一曲柔婉的音乐中
从花期搜索另一个季节的密码

电视在响动，唯有瓷盆无声
它总是默认一切存在的事物

2019 年 7 月 5 日

前进路的某个片段

如果我能端庄着走过前进路
在人群的无视中像一个熟透的果子
那么我一定会说很多的话
仿冒智者的过去，对人们的身体
和言词不加掩饰
偶尔，我会冒着风，对寒冷的人
说出温暖的晴天
但在某个片段，我会失忆
忘记一些熟悉的人，他们强加给我的
饮食和美丽，我都会错过
即使风度的勾引者从我面前一掠而过
我也只是看到他们行色匆匆的面孔后面
有片宽阔的广场，那里没有围墙
仿佛在等待典礼的庄重，从行将茂盛的胃口中
升起尊敬的词，或者我是风的引子

                                    2018 年 12 月 10 日

过道

过道之后，应该有旧的建筑
在延绵时光，如同一个得到脚力的人
突然遇到了未被瓦解的秋日
时间的加速器被众人认同
在额头上佩戴阵雨之后的勋章
等候赞美的人伸出翅膀
停留到樟树的叶子上
那眼睛一样的存在，在微微闪光
透着绵远的市场之力
不可否认，你会老去
你记忆的风声里，路途将更加遥远
美和陈旧的事物将得到尊重

2018 年 12 月 11 日

长江路上的绿灯

我要停留在红灯的禁止区，才能得到
绿灯的允许。在长江路上
傍晚的力量还在我身上散发着鸟鸣
我只有一排树的护佑，才能使
道路的方向得到安慰
而孤独从不会因绿灯的到来而减轻
我穿过斑马线，像一个旧世纪的人
穿过了一条河流，却没有浪花的响动
车流还未到来，它们一定在远处
期待一个单纯的问候者
能安全地到达他秘密的营地
绿灯即将过去，就像即将面临的车流
从我的世界中找到一个新的开始

                2018 年 12 月 14 日

公告栏

这里没有失踪的人，失踪的人在警察的名单上
跳着舞蹈，与文字的失落无关
这里也没有报纸，报纸已经失意于网络
在美的展示中缔造富有的春天
在这里，国家得到承认
人们已经不再使用化名，把生活的责任
全部书写，还有他们的面容
整齐、单一、披着庄重的色彩
在空白处，我照见了自己清瘦的脸
像一个单独的奇迹，总有一个在场的证据

2018 年 12 月 18 日

打火机

明亮来自火，打火机来自另一个星球
躲避了雨，和霜说再见
和我们胃部的气泡相融洽
机会的光临常常让人猝不及防
打火机在提升能级，与拥有者相互体谅
它引导着烟和燃气灶
对饮食的热爱让心跳加速
典籍因它而毁灭，而我们还没有得到永生
水因它而干涸，而我们还没有迈出家园
生存的定律被火框定
从辉煌的一瞬趋向灭寂
趋向灰烬的现在时态
恢宏的肚量有无数热的能量
能升起火炬，在星光下
做一辆红色的马车
我们要学会奔驰，通过闪电去
认识火焰，通过历史的重造
去认识一个狂热的故土
风正在预演一个游戏的结束
但这无碍于一只打火机的感情

2021 年 2 月 8 日

干草

田园收拾了雨伞，发黄的鞋走在田垄上
而干草登上了一个台阶，追赶着云朵
在笔直的横梁下，它会听到暴雨之声
穿过一条熟悉的大街
人在收获，牛在回忆一条大堤
他们融合的速度不会比一辆汽车的速度慢
若是思乡的狂躁症提前发作
我们可以做牛，想到自己的胃
有无数的芳香之物
有我们在黑夜中未曾预料的注视
大地之上我们可以是站立着的庄稼
却想象着像野草一样蓬勃
而不被人重视。如果我们会再次向上
就能见到蓝天，见到谷粒的父亲
怀念干草，就是怀念阳光的比喻
就是在心脏的健康历程中
加入植物学的小小根基
我们要回到归乡者的步履中
他们的力度，比干草的下午
更加具有穿透力

2021 年 2 月 9 日

在微明的阳光里

太阳在云层中微微地闪耀
照着街道上的一群树
照着一群人从东边走向西边

我在窗口凝视着那些高耸的树冠
仿佛我把春天寄托在它们的叶子上
仿佛它们会在刹那之间长高

如果我走到屋外
就会像鱼一样消失在波涛中

在微明的阳光里
我能找到人们归家的方向

2021 年 2 月 10 日

诚实

现在，我放飞我诚实的戟
在病毒泛滥的早晨，我要让它刺穿天空
运来花朵，在你的呼吸颤动时
我会运用好自己的体力
我选择战斗，譬如从人群中
展示一个坚定的形象
从记忆发生时，我要看到人世的锋利
诚实的寓言已经来临
你在病房中看见的春天
在大街上真实地发生
你在失去美酒后，照样有一种沉醉
应对着寂静的空间
有人在对你作着承诺
而你也相信了他们的道德之美
会从人性的开阔地走到你的肺
走到你新春过后的一个节气
就像戟会带来仪式的庄重
你对每一个诚实者
举起了庄重的敬礼
你永远都知道，有些事我们已经失去
而有些到来的必将会存在于我们的血肉中

2021 年 2 月 23 日

灯光的简洁逻辑

灯光照着晚归的人，如同晚归的人
找到了自己的一株玫瑰
深入到夜色的中心，谁怀念了白天
从下午的阴霾中走向一首绝句
忠实的词如影相随，像黑夜里的一匹马
奔向了城市中的一支箭
它射向某颗心脏
而颤动之中地理将成为一颗露珠
它闪烁，与晚归的人一样
决定着奔向真理的速度
灯光的简洁逻辑已经产生
学会隐藏形迹的人
要被很大的声音所遮蔽

2021 年 3 月 9 日

迷路

我们找不到路径，在丛林中
我们与三只老虎在一起，互相欣赏彩色的皮毛
在晚风吹响的时候，盼望月亮
忠诚的流水就会在身旁响起
我们奔跑，沿着初生的道路
洒下风声和一片呼啸的声音
我们对着季节的一扇窗口
大口吞饮着一杯酒水，在沉醉中
与疯狂的人群在一起
踩响鼓点，回避狂风的追逐
我们向上，会抓住星星的翅膀
会在阿波罗的战车到达时
竖起一只牙齿——那银白的光芒
我们蹲伏、寻找，在一群鸣叫中
发现静谧的价值，比风吹得更高的是
我们的一个印记，比价值链延伸的更长的是
我们脚下翻滚的叶子
甚至，我们没有病毒，只有健康的肤色
在丛林的深处发着光
只有道路的座标出现时，我们才会感到安慰
那比淡黄色的记忆更纯粹的迷茫才会消失

2021 年 3 月 18 日

资料袋

它安卧在桌子上像隔夜的人
在等待另一个人的到来
它在昨天或者更长的时日
表明与时间或者事件在一起
播种、开花、与果实相互遥望
比文字的中心更近
它的呼吸直接够着了语言的茸毛

它会回到墙角和一张椅子和平相处
它会忘记天气、记录与话筒
它直接的表述将让位于沉默
包括身体里的血液和流水
它是寄生的事物，而明天
它会遮盖灰尘

思想的认路者，一个台阶的依据
谁会选择此刻是崇高还是向低处
聆听声响的布景

2021 年 4 月 28 日

礼盒

装置的盟约之旅已经开始
比蜜甜，比迟到的生物更具有灵性
它是糖果、饼、潇洒的笔记
更是我们幸福时的一个责任

芬芳的、我们心仪的仪式
带来纯洁的钥匙
它不是药、不是证书的奇怪之症
更不是城市中的一种走失

河流将会从此起航
与我们手中的礼盒互相激荡
互为亲密的表情

2021 年 4 月 28 日

休息或鸟向着指定的方向飞

世界的回顾者，找到了树和他的和平约定
绿色永远能给落寞者以宽慰
就像我们在音乐的敲击中进入睡眠
把休息安置在叶子的缝隙内
这样，就能发现欲望的流水
存在于我们身体内部。河流前行的法则
由我们自己决定，包括丧失的空间
也有被找回的时候，不必做过多失望的举动
鸟向着指定的方向飞，向着起重机
所看到的一切，引诱庞大的追随者
检视机械所不能达到的安眠之症
家园的蜂鸣在鸟背上回响着
一如我们醒着的时候，折服于一曲颂歌

2020 年 3 月 21 日

水笔

间隙的书写之声，从我的静寂之景中
生发出一种速度，优于人们对渴望的描述
水笔在无声地闪光，如立正的冬天
酝酿着下一段春风的到来
砥砺的摩擦之声，在耳边像不绝的蜂鸣
阐述的意义已经全部明确
只等待诗的境界从一阵雨
跳跃到另一阵阳光，它是优厚的
有着必然的向往，白昼的深刻
会得到圆满，黑夜也取得了
到来者的默认。而对自己的书写
远远没有尽期，如果手指想象着春风
那么旷野的眼睛里必有一部正在放映的电影

2020 年 1 月 22 日

对账单

数据的完整的世界，时序在有效地排列
通过电脑的检视，我们取得正确的依据
从开始到岁末，乐此不疲的是经验、对接和温暖
对于被驱除的负数，我们不加珍视
只保留记忆的效能，在微小的动物
驶过宽阔的空白后，雨也会抒情
在直线上，播撒向晚的春风
如同老式的岁月已经过去，我们的白发
也呈现自身的规范，它比人的比喻
更高级，更符合命运的需求
而未来在鼓动一些参与者，他们的衣服上
饰着黄金的指认，如方向启发着必然的进步

2020 年 1 月 23 日

表格

姓名是谁？出生年月、婚姻程度
这些都是我们通向明天的一个倾诉
如此，我们所经历的高峰和险谷
被轻轻地抚平，在表格的立体表达中
我们都有一颗诚实的心灵
如简历只被自己知道，我们的叙述
加上了秘法的经历，把每颗糖再
锤炼一遍，把每个加速的理由
都阐述妥当，把失望和不满
全部收缴，置入仿生学的范畴
让它渐渐地不会人所知
传导的正确性被我们把握
在羞涩的眼中，表格没有飘带
只有一座会走动的城池
像即将起航的动力之源

2020 年 1 月 25 日

椰子糖

素朴的衣服，在甜蜜的内心
我们珍藏着大海、炎热的风
比风更加有力的蓝天
奇迹的发生，有时只有一个浅表的境象
譬如我们剥开一粒椰子糖
就有久违的香气，比美人老
比病人年轻，比失去更有分量
我们赶赴一个早晨，这样的阳光
可以让人更有精神，像我们盼望的时候
总有一个称心的日子会来临
在力气用尽时，谁会叩问归宿安居在哪个地方
就像一粒椰子糖，它是否
会在一个下午赶过春天

2020 年 1 月 26 日

三角洲

沙子沉在意识的底部
像突然沉静的一只船

主动的洋流在远方冲刷
一条河流的使命到此终结

草在生长，羊群在围栏中
等待急驶而来的奔马

那么，稻子和麦子的收获
将沿着三角洲的镜面

温和的、我们看到的归宿
在安谧的人群中

2020 年 1 月 27 日

在漫长的等待中经历三月

在漫长的等待中经历三月
在花生的香味中，接受被动的酒水
当醉意来临，我们已经与天上的孩子
订立了合约，在他们的课本里
写上圣洁的糖果

在漫长的等待中经历三月
在城市的芳香中，想起寒冷还未过去
当温暖像一个赶赴约会的人
在油茶花的怒放中给予稳定的境界
我们站立于人们经过的路口
在责任的部署中重启思考

在漫长在等待中经历三月
在果实还没有成熟时经历三月

2020 年 3 月 23 日

地理学

病毒的证据在经度和纬度的伟大中
不断地膨胀，并被人们所阻击
海水翻涌着，从一个时区到达另一个时区
在一艘巨舰的涡轮到达密室中的漩涡
历史保留了峡谷和山峰
在一棵山楂树的高度
分析痛苦和甜美。在冰原和赤道
反复邀约旅行的足印的时候
我们乘上了动力的火车
从一个城市的隐秘处
发现乡村的遗存，发现皮包内
珍藏的地图，它带领着
活跃的动物在一片大陆上迁移
与众多的肤色一起
接受阳光和雨露，接受零点的
沸腾之词。因而倾诉来自于高原之雪
来自于古老晶体中的木屋
我们的猎枪久不犯错
唯有对失望的人喷射闪电

2020 年 4 月 3 日

朋友圈

三月的澎湃之声到达河岸
到达你的手指间的凤凰
我们站立的地方，有最后一支花
今天要献给你——一个奇迹的约定
词在感动，力也汇聚到
波澜中。凡是你记住的
别人也将记住
凡是你在坚果中敲开的日子
芳香会弥漫到镜子中
我们是走失的人群，寻找着
短暂的坐标系，在你度假归来时
你要带来燕子和歌声

2020 年 4 月 4 日

绿窗子

绿的窗子，空中的书籍的封面
出奇的鸟影总是出现

窗帘是不可预知的法术
神秘的事物隐藏其间

我们暂时不能打马上山
怀念一些零散的歌谣

也不能在意料之外计划花信
只在我们的成长里看到花园

绿的窗子，久远的距离的酒杯
仿佛沉醉，仿佛夜晚已不会来临

2020 年 4 月 8 日

舞台剧

有人在角色中迅速老去
仿如巫女碰到了海藻
仿如猎枪正对着猛兽的刻度
我们在一部舞台剧中
发现了完美的景象
这丝毫也不能让失去的重新复活
至少，当春天的力气
扫过大路的时候，一些人
还在专注于自己的活计
歌的生活，与舞蹈的理想
同样富于价值的追求
我们在城市的森林中活成雕像
没有经历表明，每一个人
都会被别人记住
也没有证据来阐述
世界的中心有一枚彩色的气球

2020 年 4 月 16 日

杂志

放在桌上，杂志像一个小男孩
珍藏着他的小果子
一些诗篇和文章，在他的口袋里
发出声响。一些名字
是他的旧知，一些被安排的跳动
方格子已经划好，他驱动着人群
作短暂的跳跃，在时间的证据里
他小心地让脚印不再跃出边线
让一些风气在希望中形成
小的不被人发觉的悟性
构成了他的一个经典的小的秘密
他回想在邮件驱动时
一颗心脏所经历的震动
现在，天色已经明朗
一本杂志在朗诵它的小宇宙

2020 年 4 月 21 日

椿

望春的人喜欢钻研一棵椿树的节奏
从它的枝干里发现生活
正在悄悄地抽芽。在时序的问候中
绿色的手臂有一个庄严的表达
它从我们的气候中，找到流水的丰美
在更高的地方，找到眼睛所寄居的生物
遥远是可以避免的，只要我们
担负着一匹季节的骆驼
从沙地走到抒情之根
走到地理所给予的面貌
那么，我们将停止跟随
与自己的脉搏在一起，向往乡村
以外的城市，在它的大街上
留下影子和农具。或者
我们顽固的植物学根基也会因此
而成为广大的追寻
在一切减少的眺望里
我们会遇到一片草坪
是它记录了技术之根

2020 年 5 月 22 日

在雨中，周庄是一个温暖的词

在雨中，周庄在简洁地圆润、生动
与古风里的倒影相互启发
一个温暖的词在这里生根、发芽
在双桥的伞丛中寻找爱人
我们寄希望于一次朗诵和歌咏
白发的苍劲因而显出柔婉的因素
如果小巷里的深井，能提前预订
一个婚约，那么人们的欣赏会抵达一面镜子
抵达修辞、美，以及繁花般的叙述
我们在周庄的婉约中徜徉、牵挂
获得水样的降落。在周庄的记忆里
植入藕、水仙和一场风暴后的平静
多少年过去了，我们的词
仍然单纯而生动，像朴素的晚宴
所拥有的简单的菜单，让我们齿颊生香
我们从人群中获得神秘的邀请
又在一条河流的发现里迈向遥远的码头

2019 年 6 月 18 日

而叙述将到达你的白云

我走在一种祝福中，代替了失望的喉咙
它从心底飞出的鸽子
已经是白天，已经是白天的叶子

那么，翠绿带着芳香
在你的额头，增添事物的学问
让春天成为一种个性，恍如你在梦中醒来

站立在大地的人，你要学会阅读
学会和平地与一只水罐独处
像一棵开花的树

而叙述将到达你的白云
你的语言的锋芒，让时间的陶瓷碎裂
并且听到了水声的答应

2020 年 7 月 7 日

学校

雨经过的路程还在昨天，一群人已经
取得了朗读的权利
像我们所经历的云彩，从一页砝码中
经受金属的重量

人是可以依靠的，他们的脚下
有一顶帽子的影子
试图取代一些失望，在学校的安慰里
忠诚的人来到了精致的课桌

事件的制造者正在到来，带着合适的声腔
以比夏天的消失的速度更快的节律
留下的语言必须要保持欢乐的色彩
如同神秘的过程被众人阅读

在风景的道路上，一些人在牵挂果子
在歌声传来时，一些人将登上列车

2020 年 7 月 30 日

距离

我们的肺高于顽石，又切入时间
我们呼吸着布、钉子和蝙蝠的气味
又从城市的裂缝中接受拍打
距离将完美我们，在口罩和护目镜的
寂静中有一只蝴蝶在扇动翅膀
在人间的泪水里赠予诗歌
病毒来到了我们的行囊和酒杯
来到词语所界定的边缘
那么，距离就是负压病房
就是一个穿越卡口的老司机
我们要表达的怜悯，将悬挂在
星星照耀的道路上。我们启发的敬意
将沿着窗台上的鲜花到达人群
距离正行进在你我的问候
隔着国度、地理和绿色的植物
那些浓烈的开放，试图弥补我们
在黑夜所失去的原谅。那些祈祷的人
他将会走到天堂的座椅边
等待一个合适的人的出现
距离在呼唤我们的坐标
——一个起步的维纳斯

她将召唤天真的美，把波浪安放到
河流的落花中

2020 年 8 月 23 日

稻壳

一颗稻壳像一艘船
只是还没有安排好江河
一颗稻壳像一个初始的出生
还没有与新鲜的露珠在一起

一颗稻壳可以是塑料、金属、一副担架
你要掌握未来的一次鼓舞
秋天早已经过去
冬天也不知在谁的胃部忍耐
一颗稻壳使记忆坚硬
通过所有黑色的秘道

哦，吹拂、翻滚、死去
在时间的角力场上锋芒都是短暂的
哦，情绪的制造者
一定要找到一个晴天
以技巧不能表达的心愿
演示空气、力量和平淡

一颗稻壳即将进入黑暗
被赋予了短暂的记号

在楼上的安眠者
所收获的一个甜果

2021 年 3 月 19 日

发现

我耽于发现，从一粒谷子中发现存在之美
从一棵稻穗里发现城市拔节的力量
我微弱的启发之源，像一条小溪
从上游流到下游，经历了石头的阻碍
我强健的歌唱，总是伴随着一阵风
它在每一个屋顶筑下窠穴
新生的鸟群马上就要飞出来
在我的日记中诞生一片天空
包括蛋卵的晶莹，也很快地进入镜子中
如早餐被提前预订了观赏者
人间的风月大过我的期待
即使我突然沉默下来，也有表演的人
从我身边抽走一些活跃的人群
他们从一个终点走向另一个终点
在嘴唇的干裂中发现流水的价值
山还在高耸，但我喜爱的平原上
鲫鱼正在游向一棵树
在它的上面盖瓦结屋，做一个隐居的事物
病毒因此失去了可以依靠的温床
我发现水母到达后，一只戴胜
在炫耀它的红冠

2021 年 4 月 8 日

陈旧

风中卷着陈旧的骨头，晶亮的房屋
搭起我们的身体，曝晒在大街上
被经过的鹰叼啄并认证
而柔软的事物在屋内享受灯光
在一卷蛋酥中我们要发现一座城市
坚硬的，我们为之感动的挺立
应该存在于地理的结构中
我们翻滚，像鱼一样穿越
在风暴来临时，像一只知了躲在树上
经受风的拍打，做一个完美的坚持者
陈旧的抚慰之词，将从叶子间
抵达一扇窗户，从抒情的手指上
打响一片潮汐。如同引力被歌颂
我们感到了世界的旋转，正发生在
一片开放的事物上，相似于
我们被秘密地吸引在我们的家园
高度并不能证明我们的未来有多少新意
相反，我们在大地上
却能听到知更鸟的喋喋之声
从古老的黑板上走到圆润的粉笔上
病毒也可以在一个瞬间被擦去

病毒的某一个陈旧的体质
超不过烟灰的轻薄

2021 年 4 月 11 日

阳光赋格

用最美的树枝迎接阳光
阳光在路上，阳光在水的中间
用大地上的最后一片枯叶迎接阳光
阳光跃在手掌中，阳光穿越了黑暗

用电视塔、信息发射站的尖顶迎接阳光
阳光没有血痕，阳光是一部被朗读的课本
用鸟声的复合之音和风的秘密迎接阳光
阳光是单词，阳光是一间屋子

用墨汁、水笔、订书机迎接阳光
阳光是办公桌，是窗帘后的一棵植物
用糖果和饮水机的执着迎接阳光
阳光是甜美，阳光生长在果园中

阳光是连续的动词
是动车的铁轨，是跃过的目标

2021 年 3 月 1 日

一颗小星星

它代表所有的星挂在天幕上
发光，与我说话
它身边的岁月还年青
因此有固执的天分
它在到达，与看到它的人
保持密切的关系
由于我们的苍老，而忽略了它的速度
它的火花隐藏在书写之外
由于季节已经寒冷，它发出黄色的光
以温暖抚慰萧瑟的心
由于我们的疏忽，我们把爱给了更大的星体
而运转的时间还在发生
由于我们对死的恐惧，而期待
它有更大的光明，照彻我们前面的道路
由于所得甚少，我们很少发声
害怕过多的歌声会让它颤抖
由于力量的不公，我们无法奔向它的身旁
做另一个旋转的球体
由于雨季已经过去，它在召唤雪神
覆盖我们衰弱的身体
由于我们的血肉过于陈旧

像开花时带着马粪的味道
它只能在距离中打量美
由于城市已经签下新的合约
笑容暂时得到了固定
它只是小心地露出嘴唇
由于光已经被黑夜夺去，烛火
属于了守夜人，它把叮嘱置放在树冠上
由于我们痛苦，而幸福也在路上赶来
它突然离我们远了一些
由于汽车的噪声掩盖了屋子
锅和盆沉浸在清水中
它决定默默地来到大水中间
由于我们的眼睛已经不能经受风暴
它把自己化得再微小一些
像我们手中的一个果核

2020 年 8 月 15 日

致祖国

我是小草一颗，是春天花丛中的一朵
在大地上默默无闻
像一支轻微的歌，歌颂着美丽的祖国

我越过了冬天的寒冷，也经历了秋的收获
印证了生长的艰难，度过了黑暗的严苛
生活从来没有欺骗过我
生活给了我无数温暖的允可

我依偎在高山的胸怀，看到历史深情的回眸
我驾驶一叶扁舟，淌过了浩荡的长江和黄河
我的诗篇连着浪花，我的青春在山水的歌唱中轻和

五千年，只是史书上的一行字
八万里，只是地球上的一道辙
我记得我曾经历的饥饿
我记得我的热血所交融的战火

我从黎明醒来，颂扬太阳的金戈
它舞向灿烂的人间，那里有和平的祈求
我从白发回到黑发，从平地仰望高楼

那里有无限的飞升，那里有崇高的品德

无论是乡村的明丽，还是城市的获得
无论是少女的向往，还是老人的快乐
都有祖国的关怀，像一场雨露
都有祖国的考量，像时光的轻叩

我可以仰望星空，我可以心怀宇宙
只有祖国才能理解，我疯狂跳跃的脉搏
我可以在一颗芯片中安放灵魂
也可以在一颗草药中创建学科
只有祖国才能听到我轻轻的诉说

祖国，我的心是热的
像地底的岩浆等待着磅礴
祖国，我的未来是新的
像春天的花园布满了心窝

当新的时代安排了我重新崛起的使命
我必将勇立潮头，把一切变成能够
祖国，你要为我轻轻地鼓动
你要允许我把明天的伟岸永远地把握

2018 年 10 月 1 日